Contents

妹にすべてを奪われた令嬢は婚約者の裏切りを知り回帰する

下

18、限界

「ちょっと、昨日の神事、マグノリア様が行われたって本当？」

アカデミーの大きな図書館の一番奥。薄暗い席で本を読んでいると、オリヴィアが隣に座るなり小声で言った。

「図書館は私語厳禁よ」

「こんなところ誰も来ないわよ。しかもこんな朝早く。図書館が混むのはお昼以降よ」

オリヴィアの言う通り、館内にいる利用者は片手で数えられるほどだ。

「私がここにいるってよく分かったわね……」

「貴女《あなた》と一緒に行こうと思ってシルフェン家に寄ったら、二人とも早くに出たっていうから図書館にいると思って。しかも昨日の話を聞いて、絶対カルミア嬢に見つからない席だと思って。っていうか何読んでるの？」

私の前に山と積まれた本の背表紙を確認する。

「『薬草学の応用』『古代文字の歴史』……『世界の聖地十選』『キャンプ飯決定版』『最新版・食べられる草の見分け方』『ガイゼル旅行記Ⅱ』『ガイゼル旅行記Ⅲ』……って、オイ！」

こちらをジトリと見るオリヴィアの目をフイっと避ける。

「何、来週の王家《うち》主催のピクニックで何か披露してくれるわけ？」

「いや、そんなつもりは……。授業の前に予習をと思ったんだけど、まさか『ガイゼル旅行記』に続刊が出てるなんて知らなくって～」

あはは……と、誤魔化すように笑いながらも、手元の『ガイゼル旅行記Ⅱ』『ガイゼル旅行記Ⅲ』をこっそり隠す。

本当は《日輪の魔女》について調べたかったのだけど、すでにシルフェン家で読んだ本しか見つからず、仕方なく今日の授業内容の参考になる本を探してたのだが、目に飛び込んできた本を思わず手に取ってしまったのだ。

あぁ、自分の意志の弱さよ……。

「僕ならいろんなところに連れて行ってあげられるよ」

いきなり背後からひょいと顔を出したヴュートに、思わず声を上げそうになる。

「っ!! ヴュ……貴方《あなた》、騎士コースの訓練に行くって……」

「そう、以前お世話になった知り合いの教官いるかなーと思ったんだけど、いなくて。でも、ちょっとだけ騎士コースの子達に相手してもらってきたよ」

にこりと笑顔のヴュートはなんだかとてもスッキリした顔をしていた。

軽く汗をかいてリフレッシュしたんだろう。

「で、ジアはどこに興味があるの？」

「え、あ、……ちょっ」

私の手元の本を覗《のぞ》き込んで手を伸ばしたヴュートが、パラパラと捲《めく》ったページには幻想的な風景が広がっていた。

銀の石灰棚に、真っ青な温泉を湛《たた》える〝ピクム〟に、ダブルオーロラの見える〝セヌトラ〟。

マーブル模様を描く〝シュドラ・サンド〟の赤い大地は、太陽の光によって硬化した赤い石の結晶が魔力を持っていると言われている。

『星降る丘』といわれる〝サタノヴァ〟で寝転がって空を見上げれば、宇宙の一部になったような気分になれるだろう。

「いいね。どこも素敵だ。いつか全部行こうよ」

ヴュートの無邪気な言葉に、胸が締め付けられる。

世界各地の名所は、人の足があまり踏み入れられないところにある。

『ガイゼル旅行記』には、その場所の美しい風景だけでなく、そこに辿《たど》り着くまでにどれだけの魔物と出くわしたのか、何度命の危機を感じたのかが書いてある。

ガイゼル自身が腕の立つ人物だったのか、腕利《うでき》きの傭兵《ようへい》や護衛を雇ったのかは分からないけれど、きっと楽しくも厳しい冒険生活だったに違いない。

「……こんな危険なところ、英雄でないと無理だわ……」

私がこの国を離れる頃には、ヴュートは《聖剣》を手に入れて《英雄》になっているだろう。

――けれど、その時、側《そば》にいるのは私ではない。

不意に、手元の本に影が落ちた。

「フリージア＝ソルトか？」

三人の男子生徒が声をかけてきた。

私を見下ろすその目は、あからさまな敵意を示している。

「はい。そうですが……？　貴方は？」

「俺はハデル侯爵家のアモン＝ハデル。こっちはビンセント＝ロロア伯爵子息に、キース＝ナーヴァロ男爵子息だ」

なんだか見たことあるような気もするが、どこの子息ともあまり関わりがないのでおそらく「初めまして」で間違いないだろう。

「それで、私になんのご用ですか？」

見ず知らずの男性にこんな横柄《おうへい》な態度を取られるいわれはない。

アカデミーでは身分も立場も関係ないとはいえ、初対面の人間に対する態度ではない。

「カルミア嬢に謝罪を」

「は？　なんの謝罪ですか？」

「ハッ……、分かっているだろう？　昨日……」

——ゴホン！

大きな咳払《せきばら》いが聞こえ、そちらに視線をやると、メガネをかけた真面目そうな司書がこちらをじっと見ていた。

「ちょっと、外へ出ろ」

お断りしたいところだが、彼らが黙って引き下がるとも思えないし、図書館を出入り禁止になっても困る。

オリヴィアとヴュートに「ちょっと行ってくるね」と声をかけ、仕方なしに席を立つと、なぜか二人もついてきた。

図書館から少し離れた中庭で、アモンと名乗った彼が後ろの二人を見る。

「オリヴィア王女殿下、ヴュート＝シルフェン小公爵……僕らが用があるのはフリージア＝ソルトだけですので、お引き取り下さい」

目上の人には『僕』になるのね。

一応侯爵子息の貴方より、公爵令嬢の私のほうが立場は上なんですけどね。

「あぁ、私のことは気にしないで結構よ」

「僕のことは是非とも気にしてくれていいよ」

オリヴィアとヴュートは笑顔だけれども、明らかに彼らを威圧している。

「お、お二人とも、ここはアカデミーですからね！　身分や立場を笠《かさ》に着て口を挟まないで下さいよ！」

アモンのその言葉に〝今の発言、忘れるなよ〟と心で指摘しつつ、「気にせずお話をどうぞ」と促す。

「と……とにかく、昨日の神事のことをカルミア嬢に謝るんだ！　今朝からずっと塞《ふさ》ぎ込んでいらっしゃるんだぞ！」

「いつも笑顔の絶えないカルミア嬢が、今日は目を腫らして登校されたんだ！　あぁ……おいたわしい」

「それもすべてお前のせいだ！　聖女のカルミア様に嫉妬して、神事を妨害するなど恥ずかしくないのか！」

今朝からって……今もまだ朝で一限すら始まっていませんが？

っていうか、カルミアの取り巻きって三人一組が鉄則なのかな？

いくつもツッコミが浮かぶが、隣で怒りを露《あら》わにしているヴュートとオリヴィアへの対応が先だ。

「貴様ら……」

一歩踏み出したヴュートに子息トリオがひゅっと息を呑《の》む。

「ヴュート、いいの」

にっこり笑って彼を制し、三人に向き直る。

「で？　貴方達になんの関係が？」

「「「は？」」」

馬鹿みたいにキョトンとした顔に、もう一度笑顔で問いかける。

「それが貴方達に、なんの、関係が、あ、る、の、で、す、か？」

顔を真っ赤にしたアモン＝ハデルは唾を飛ばす勢いで声を荒らげる。

「ばっ！　馬鹿にしてるのか！」

「だって、貴方にはなんの関係もないじゃないですか」

「ぼ、妨害したことは認めるんだな！　ならばさっさと……」

「認めませんよ。その件に関しては元聖女である祖母のお墨付きもありますし、神官長もご存知のはずです。……と、貴方に説明する義務も本来ないのですが。ここまで話して部外者の貴方の出る幕はどこに？」

「っ……！　え、偉そうに！　聖女のカルミア様の御威光《ごいこう》に縋《すが》っているくせに……恥を知れ！」

「……貴方達こそ、恥を知りなさい」

「は？」

あぁ、揃《そろ》いも揃ってカルミアの周りの人間は……。

「私を取り囲んで恫喝《どうかつ》するつもりだったんでしょう？　それともそれ以上のこともかしら？　明らかに自分より非力な女に男三人がかりで。一人では何もできないの？」

後ろで「プッ」とオリヴィアが笑ったのが分かる。

「馬鹿を言うな、今そこに二人いるじゃないか！」

「何言ってるの、最初『お引き取り下さい』って言ってたじゃない」

「「「っっ……」」」

反論できない三人組が恨めしそうに私を睨《にら》みつけた時……。

「お姉様！　やめて下さい！」

カルミアの涙声が小さな中庭に響き渡った。

「お姉様！　彼らを責めないで下さい！　私のためにしてくれたんです！」

大きな青い瞳いっぱいに涙を溜《た》めて、子息トリオを庇《かば》うように立つ。

カルミアの周りには、昨日とは違う三人の令嬢が寄り添っている。

「「カルミア様……！」」

「カルミア……」

乱入してきたことよりも、彼女のはちみつ色の髪に編み込まれているいつもの水色のリボンに衝撃を受ける。

あのリボンは、昨日の夜にはヴュートが持っていたはずなのに……。

今朝直接ヴュートに会って渡されたのだろうか。

朝早く私が出ると言った時、彼も一緒に出たのはこのためだったのかもしれない。

「お姉様、そんな怖い顔をしないで……。彼らは私が落ち込んでいたのを気にかけて下さったんです」

懸命に訴えるカルミアを三人の令嬢が心配そうに見つめている。

あぁ、本当に……。

「……私のせいで神事がうまくいかなかったと言ったの？」

「そんな！　ただ、お姉様に準備して頂いたけれど、女神様が応えて下さらなかったと……」

すべて私のせいだと聞こえるように言ったのね。

昨日父は何も言わなかったのか、それとも、プライドが許さなかったのか……。

「それで？」

「え？」

「それでなぜ彼らが私のところに詰問しにきたわけ？」

「お姉様……？」

今までこんなふうにカルミアに威圧的に話したことはない。

マナーについて注意することはあっても、できるだけオブラートに包んで、角が立たないように言ってきたつもりだ。

……父に、嫌われたくなかったから……。

そんな卑《いや》しい感情があった自分に腹が立つ。

「それで……貴女にそんなつもりはなくても、彼らが勘違いで私を責めにきたのなら、貴女が謝罪してくれるの？」

「フリージア＝ソルト！　誰に向かって言ってるんだ！　聖女様になんてことを！」

ハデル侯爵令息が顔を真っ赤にして怒鳴った。

「何を言ってるの？　アモン＝ハデル殿。貴方が仰《おっしゃ》ったんでしょう？『アカデミーだから身分や立場を笠に着るな』と。聖女という立場を除けば私達は単なる姉妹です」

「だ……だが！」

「では誰が私にこの件に関して謝罪を？　勘違いさせたカルミア？　それとも勘違いした貴方達？　けれどカルミアは貴方達を責めるなという。……で？　誰の謝罪を受けたらいいの？」

「「「……」」」

カルミアと子息達がビクリと身体を強張《こわば》らせる。

高圧的に、威圧的に。

この件に関して引く気はないと態度で示す。

我慢の限界だ。

「……かっこいい」

場にそぐわない内容を小さく呟《つぶや》く声が聞こえ振り向くと、視線の先にはほんのり頬を染めてこちらを見つめるヴュートがいた。

オリヴィアは扇子で顔を隠しながらも、お腹《なか》を抱えて悶絶《もんぜつ》している。

「……え？」

思わず聞き返すと、ハッと我に返ったヴュートに「あ、どうぞ。続けて下さい」と促され、「はぁ……」と返事するしかなかった。

なんだか昂《たかぶ》っていた気が一気に抜けた。

しかし向き直ると、目の前のカルミアの表情には怒りと屈辱が溢《あふ》れている。

「お、お姉様が私を置いて帰るから……」

「は？」

「お姉様がいて下さらないから不安で上手くいかなかったんです！」

結局私のせいにするわけだ。

この子に謝るつもりなど微塵《みじん》もない。

会話も成り立たない。話すだけ無駄だ。

「……そう。もういいわ」

「え？」

「間違えたり悪いことをしたら『ごめんなさい』、何かをしてもらったら『ありがとう』。それすら言えない人間と会話なんてしたくない……。貴女とは会話にならないわ」

「……なんですって……？」

「今まで五年以上、ずっと貴女に代わって神事の準備をしてきたけれど、貴女から『ありがとう』と言われたことは一度もなかったわね。〝他のこと〟も含めて、私が貴女に代わって何かをすることはもう二度とないわ」

課題のことを仄《ほの》めかしたのが分かったのだろう。

顔を引き攣《つ》らせ、水色の瞳を怒りで濃くするカルミアに近づき、耳元で囁《ささや》く。

「貴女の〝便利な姉〟はもういないわ」

「……お父様に言いつけるわ」

まるでそれが切り札とでもいうように、カルミアが私を睨《ね》め上げながら低く呟いた。

「——どうぞ」

「……っ！」

——貴女にも父にも、これ以上私から何も搾取《さくしゅ》させはしない。

目を見開くカルミアを背に、その場を離れた。

＊　＊　＊

「どうしたの？　やっといい子ちゃんを辞めたの？」

オリヴィアが揶揄《からか》うような、それでいて嬉《うれ》しそうな顔で言った。

「そう、やっとね。辞めたいと思いながらなかなか辞められなかったから。今日からは今までに輪をかけて、碌《ろく》でもない噂《うわさ》が流れそうだわ」

「あぁ、『妹を虐《いじ》める姉』ね。ふふふ、いいじゃない。やっと貴女らしくなったわね。黙ってやられる貴女じゃないもの」

「ジア！　とってもかっこよかったよ！」

興奮気味のヴュートのその言葉に思わず一歩後ずさる。

「……かっこよかった……？」

「うん。すごく」

「甘いわよ、ヴュート。フリージアのかっこよさはこんなもんじゃないからね」

ふふん、となぜか得意げに言うオリヴィアに「そうか、こんなもんじゃないのか……」と、ヴュートが呟いている。

「これから、もっとジアのいろんな顔が見られるかな」

「そうね、来週の王家主催のピクニックでも、きっとフリージアの本領が発揮されるわよ。図書館で予習済みみたいだし」

笑顔で話すヴュートとオリヴィアを見ていられなくて、思わず視線を逸《そ》らした。

「それは……どうかしら。今日か明日あたり……私をソルト公爵家の籍から抜いたという通知が届くかもしれないから……。婚約はきっと解消だわ。ピクニックには……行けないと思う」

ヴュートとの婚約はあくまで政略的なもの。

私がソルト家の人間でなくなる以上、婚約関係は続けられない。

望んでいたことなのに、胸の奥が鉛を飲み込んだように重い……。

婚約破棄をして、家を出る。

計画通りなのに、なぜか気分は晴れない。

きっと、回帰前にはなかったヴュートの思いやりに……彼の温かさに慣れてしまったからだ。

だから、距離なんて縮めたくなかったのに……。

「あ、でも。アカデミーには残るつもりだから、学友として……」

暗い気持ちを誤魔化すように笑顔で視線を彼に戻すと、ヴュートのダークブルーの瞳は氷のように冷たかった。

表情は穏やかで、薄い綺麗《きれい》な唇は柔らかな弧を描いているのに、雰囲気はどこまでも冷たい。

「大丈夫だよ。君がソルト家から籍を抜かれることはない。婚約も、解消されない」

そう断言して、さらりと私の髪を一房とって口元に持っていく。

その仕草に、息が止まりそうになった。

「ヴュ……」

「絶対に、だ」

19、消えた取り巻き

「本当にこのドレスで行くんですか……？」

「とてもよくお似合いですわ。フリージア様のプラチナのお髪と紫水晶《アメジスト》の瞳にピッタリです。今回のキャンプの話題になること間違いないですね」

フィーさんが着るのを手伝ってくれたのは、ヴュートの瞳の色に染めたような濃いブルーのドレスで、その生地の滑らかな肌触りと華やかな艶は、ドレスに詳しくはない私でも一目で質の高いものだと分かる。

胸元の露出や裾の膨らみは控えめな点も好みだし、生地の軽さと相まってとても動きやすく確かに屋外のピクニックに最適だろう。

驚くほどジャストサイズなことに驚きつつ、胸元や袖口にあしらわれた繊細なレースの美しさに思わず見入っていると、「そちらはヴュート様がこだわって特注された、フリージアの花をモチーフにしたレースです」とフィーさんが教えてくれた。

こんな高そうなもの受け取ったら、婚約破棄をした後、大変なことになるのでは？

「でも私、屋敷から持ってきているドレスで十分なんですが……」

「ダメです」

にこりと笑顔で断られ、反論できる空気ではない。

「で、でも、この衣装なんか、涼しい素材で……」

そう言って、母のくたびれたドレスを提示するも、それは無言の笑顔でクローゼットに収納された。

「フリージア様」

「は、はい」

なんだろう？　フィーさんの圧って、ソルト公爵家の侍女長よりよっぽど強い。

ここ、王都にあるシルフェン邸の侍女長はシーナさんという人だけれど、フィーさんは王都からかなり離れた公爵領の本邸の侍女長を務めていたらしい。

つい先日二人のやりとりを見た時も、明らかにフィーさんのほうが格上といった感じで、シーナさんも丁寧な対応をしていた。

「このクローゼットのドレス。何着袖を通されましたか？」

「……今日が初めてです」

「つまり、私がお仕えする以前は一着もお召しになったことがないということですよね？」

「はは、はい」

怖い！

フィーさんの笑顔怖ぃ!!

「いいですか？　このドレスはヴュート様からの贈り物です。一着一着、フリージア様を思いながら選ばれたんです」

「は、はぁ……」

多分ヴュートはそんなに暇じゃないと思う……などと考えながら生返事をすると、さらに圧がかけられる。

「ここに並ぶ靴や、アクセサリーも！　すべてです！」

「は、はい！」

「相手の気持ちを無碍《むげ》にしていると思われませんか？」

「……仰る通りです」

「侍女にそんな話し方しないで下さい！」

「はいぃぃぃ」

だって、明らかに私より格上の匂いというか、本能が逆らってはいけないと警鐘《けいしょう》を鳴らしている。

「では、貴女様がすることは？」

「……今着ているドレスに、頂いた靴や小物を合わせて王家のピクニックに……行くことです」

「よくできました。ちなみに、今日のお衣装はヴュート様にお伝えしておりますので、フリージア様に合わせた装《よそお》いでお部屋にお迎えにこられると思います。……コレット！　メイク！」

「お任せ下さい！」

コレットと呼ばれた黒髪の女性は、父との一件があった翌日に、私付きの侍女と紹介された。レイラさんを護衛に専念させるために、もう一人付けたいと言われたのだ。

「フリージア様の美しさを以《もっ》てヴュート様の心臓を仕留めます！」

「よく言ったわコレット！」

いや、多分ヴュートの美しさにピクニックに来た令嬢達の心臓が仕留められるから……。

そう心の中で突っ込みながら、フィーさんがドレスに合わせる靴を吟味している様子をチラリと横目で見る。

服と同じく靴のサイズもきっちり把握されているのかしら？　実家の使用人には私をこんなふうに丁重に扱ってくれる人はいなかったから、気遅れしてしまう……。

そんなことを考えていると、フィーさんと目が合った。

「……いいですか、フリージア様」

「……はい」

「ピクニックではくれぐれもお一人での行動はなさらないように。あの広大な森で迷子になろうものなら、シルフェン家、使用人、騎士団総動員で捜索《そうさく》に当たることとなるでしょう」

そんな大袈裟《おおげさ》な。

そう思ったのを見透かされたように、こちらを見るフィーさんの雰囲気がピリっとする。

「レイラ」

「はっ」

側に控えていたレイラさんが侍女の格好をしているにも関わらず、騎士のように返事をする。

「二度目は、ありませんよ」

「もちろんです」

これは先日、私が父に叩《たた》かれたことを言っているのだと気付く。

あえて私の目の前でレイラさんに釘《くぎ》を刺すとは……。

いや、釘を刺されたのは私だ。私に何かあればレイラさんが……。

――今回は頑張っておとなしくしていようと心に決めた。

＊　＊　＊

「わぁ……懐《なつ》かしい」

九歳の頃に来て以来の王家主催のピクニックは、以前よりも賑《にぎ》わっているように見えた。

すでに豪華なテントや天幕の中でくつろいでいる人もいるが、小さな子息令嬢達は大きな広場を駆け回っている。

その姿に、「私にも、あんな頃があったなぁ」と、思わず笑みがこぼれる。

アカデミーのローブを着た人も多く、本当に交流が盛んなんだと実感する。

そんな中、シルフェン家は公爵様とヴュートがピクニックの準備の指揮を執り、湖畔の大きな木の横に使用人達に天幕を張らせていた。

木にはランタンをいくつかぶら下げ、夜は幻想的な雰囲気になりそうで胸が踊る。

上位貴族から順にどこに陣取るか決められるらしく、人気の湖畔周辺でも一番展望のいいこを、三大公爵家の筆頭であるシルフェン家が確保したということのようだ。

「フリージア嬢」

珍しく王女モードのオリヴィアの声に振り向くと、アカデミーのローブを纏《まと》ったマクレンと、黒髪にアイスブルーの瞳を持つ、息を呑むほどに美しいご令嬢。その後ろに真面目で誠実そうな短髪の男性がいた。

周囲の目があるからだろう、オリヴィアは王女らしく落ち着いた雰囲気で微笑《ほほえ》んでいる。

「オリヴィア殿下。この度はお招きありがとうございます」

「ふふ、来て頂いて嬉しいわ」

扇子で口元を隠しながらオリヴィアが言う。

「ご紹介してよろしいかしら。こちらはウィンドブル国の聖女であり、現在留学生としていらっしゃっているノーマ伯爵家のシャルティ様と、彼女の護衛騎士のアレクス＝サンレイル様よ。マクレン＝ヴェルダーはご存知よね」

「初めまして、フリージア＝ソルトです。以後お見知り置きを」

カーテシーで礼を執ると、アレクス様が丁寧に挨拶を返してくれる。

マクレンが「ヤッホー」とにこやかに手を振っているのに対して、シャルティ様の目には驚きの色が浮かんでいた。

「ソルト……」

「……ご推察の通り、カルミア＝ソルトは私の妹です。今回はシャルティ様にカルミアと一緒にいろいろご披露頂けると伺っております。至らない点も多い妹ではございますが、どうぞよろしくお願い申し上げます」

本当に迷惑をかけるのではないかと心配なので、これは心からの言葉だ。

「……こちらこそ、よろしくお願い申し上げますわ……」

彼女の声は硬く、戸惑った様子ですぐに目を逸らされた。

これは……どっちだろうか。

いい噂のない私に対する不信感か、すでにカルミアと何かあったのか。

はたまたその両方か……。


その時、今、一番聞きたくない声が湖畔に響き渡る。

「えー、ここなの⁉　いつものあっちの大きな木の下はダメなのー⁉　朝焼けも夕焼けも一番綺麗に見える場所なのに！　場所替えてもらってきてよ！」

思わず声のしたほうを向くと、カルミアがソルト家の執事を叱責《しっせき》していた。

ソルト家も三大公爵家の一つ。人気の場所から順に取ると近くなってしまうのだろう。

こればっかりは我慢するしかない。

小さくため息をついていると、こちらに気付いたカルミアと目が合い、憎しみの籠もった目で睨みつけられる。

私の存在が視界に入るだけでも不愉快、とでもいうようにカルミアは踵《きびす》を返しそのまま自分の天幕の中に入っていった。

「彼女、最近あまりご友人と一緒にいらっしゃらないわね」

ソルト家の天幕のほうを見ながらオリヴィアがぽろりと零《こぼ》した言葉に、そういえば……と、最近のアカデミーでのカルミアの様子を思い返す。

確かに先週私と揉《も》めたあたりから、彼女の周りの人が減っているような……。

極力関わらないようにしていたし、同じ授業の時は離れた席をとっていたので、言われてみれば、という程度だが。

神事を見学にきていた令嬢トリオも、あれ以来見かけた記憶がない。

キャンプなんて賑やかな行事に、カルミアが取り巻きを連れていないなんて、何かあったのだろうか。

それに今日は目立つのが大好きなカルミアの《聖女》のイベントがあるのに……。

不思議に思いながら彼女の消えていった天幕をぼんやり見つめた。

＊　＊　＊

「なんでお姉様があそこに天幕を張っているのよ！　オリヴィア王女にヴュート様、それにあのいけ好かない聖女まで一緒に……。いい気になってんじゃないわよ！」

ヴュート様と婚約者であることを見せつけるかのように、揃いの衣装まで。

いくらドレスを揃えたからって、ヴュート様とは全然似合ってないのに。

それに実家では、新しいドレスを身に着けるのは私だけで、お姉様はお似合いの古臭いドレスしか着ていなかった。

そもそもいつも部屋に引きこもって、こんな場所には来てなかった。

うちを出てシルフェン家にいった途端、急にでしゃばってきて図々《ずうずう》しい！


近くにあった水差しやカップを手当たり次第地面に叩きつけるも、気分はまったく晴れない。

神事に失敗したあの日から、気分はずっと最悪だ。

あの翌日、アカデミーに登校してすぐに、神事に参加させた令嬢達に今後の神事の手伝いをさせてあげると言ったら、三人が口を揃えて『私達には荷が重すぎる』と断ってきた。

星見や古代文字のいい教師を紹介すると言ったが、なんともいえない表情で再度断られた。

その後、声をかけてきた侯爵子息達に泣きついてお姉様に失敗の謝罪をさせようとしたけれど、今までにない姉の態度に思わず引き下がってしまった。

〝父〟に弱いはずなのに、言いつけると言ってもその目に怯《おび》えの色はなく、腹立たしい結果に終わった。

姉の側にいつもオリヴィア王女とヴュート様がいるからか、あの侯爵家の子息達だけじゃなく、私の周りの男の子達も、姉のことを愚痴っても少し困った顔をするだけで行動してくれなくなった。

それどころか、私が声をかけてあげようとしても、スッと視線を外してどこかに行ってしまう。

誰かに神事の手伝いをさせなくてはいけないのに、今までは側にいたはずの他の令嬢達もいつの間にか授業でも遠い席に座って、集まってこない。

極めつけは教師の態度だ。

課題の《紋》を姉がやらないから出せないままでいると、『カルミア嬢だけ提出していない』と皆の前で言われ、『聖女の仕事で忙しい』と言っても取り合ってくれない。

それどころか、教室のどこかでクスリと笑った声が聞こえ、屈辱だった。

周りにやらせようとしても、なんやかんやと理由をつけて誰も首を縦に振らない。

仕方なしに自分でやって提出すると、『ふざけてるのか！　五歳児でももっとまともな紋を描く。冗談はほどほどにしろ』と怒られる始末。

《聖女》の私が直々に描いてやったと言うのに。

姉の《紋》なんかより、ずっと価値があるはずなのに。

家でも、お父様はあれ以来私に冷たいし、母も不機嫌だ。

それもこれもすべて姉のせいだ。

あの神事の失敗がなければ、こんなことにはならなかった。

今日の《聖女》の催しで名誉を挽回《ばんかい》しなくては。

いい気になっているあの姉の、悔しさに歪《ゆが》む顔が見たい。


——世界は私を中心に回っているのだ。

＊　＊　＊

皆で昼食にしようというオリヴィアの提案で、風通しのいい木陰に昼食の準備がされた。

公爵様と祖母は知り合いに挨拶すると言って天幕を離れている。

「カルミア嬢の浄化魔法を見たことはありますか？」

マクレンがワクワクを抑えきれない様子で言う。

「え？」

「今日、シャルティ様が彼女と浄化魔法の披露をする予定と伺っていますので」

「あ、そうなんですね。私は見たことはないのですが、慰問で浄化を行ったことはあるのではないでしょうか」

私が手伝うのはあくまで神殿での神事のみで、カルミアの浄化魔法は見たことがない。

各地の《紋》を発動させるための神事とは違い、現地での浄化魔法に準備はいらない。《紋》さえあれば、後はカルミアが魔力を通すだけでいい。

私が神事で準備した《浄化の紋》は問題なくカルミアの祈りに反応していたので、浄化魔法も当然使えるはずだ。

答えを求めるようにチラリとヴュートを見ると、視線を受けたヴュートは少し考えた後、口を開いた。

「カルミア嬢が騎士団の慰問に来てくれた時には見た記憶がないなぁ。以前の慰問の際に、月に一度の神事で大量の魔力を使うから、慰問等では浄化魔法は使わないと言っていましたよ。なんでも、マグノリア様が魔力の大半を失ったのは、慰問先で大きな浄化魔法を使ったからだとか。それに、浄化の紋は聖女でも作れないから、紋のある場所でしか行えないのでは？」

それを聞いて、シャルティが胸元から金のネックレスを取り出した。

そのペンダントトップに描かれていたのは紛れもない《浄化の紋》。

「これは代々ウィンドブル国の聖女に引き継がれる浄化の紋です。カルミア嬢はお持ちではないのですか？」

私が首を捻《ひね》ると、オリヴィアが彼女の問いに答えた。

「当然、我がウォーデン国にもそういった持ち歩ける紋はあります。刺繍《ししゅう》で刻まれた加護の紋や、金の手鏡に刻まれた結界の紋、シャルティ嬢の持っているようなアクセサリー類の浄化の紋などです。ただ、紋の警備面を考え、常時聖女に渡しているわけではありません。紋は聖女が使って初めて本物と分かるため、偽物《にせもの》とすり替えられた事件も過去にあったので……」

それを聞いて納得したようにシャルティが頷《うなず》く。

「ウィンドブルでも、数年前に結界の紋や、加護や魅了などの紋の盗難がありました。いくつかは闇ルートで取引されていたのを発見したのですが……。百年の長きに亘《わた》り、日輪の魔女が現れていない今、ああいった日輪の魔女しか作れない紋様の紛失は国家の存続に関わりますよね」

「そうですね。ウォーデンでも古くなった加護の紋や浄化の紋は各地でも劣化によって本来の力を発揮できなかったり、反応すらしないものもあって、その土地の死活問題になっています」

「そう言えば北のモンテローナ国は……」

二人の会話を聞きながら、思わず食事の手が止まる。

『日輪の魔女しか作れない紋』……？

《日輪の魔女》にしか作れないのは《浄化の紋》だけではない……?

さも知っていて当然のように話す彼女達の常識と、私の知識が異なることに驚き、今まで祖母の元で学んできただけで、外の世界から隔絶されていたことに改めて気付かされる。

先日読んだ本に載っていた《日輪の魔女》に関するある記載が脳裏を去来する――。

チラリとオリヴィアの胸元を見ると、ペンダントトップは見えないが、私が渡したであろうペンダントのチェーンが見えている。

《加護の紋》。

あれは紛れもなく本物のはずだ。

あの《紋》を作る時、魔力のほとんどを持っていかれたのだから。

心臓がドクドクと早鐘を打ち、会話が耳に入ってこない。


「シャルティ様。そろそろ浄化のご準備をお願いできますか?」

神官服に身を包んだ神官長と、数人の神官がいつの間にか近くに立っていた。

「ええ、すぐに参りますわ。それでは皆さん失礼いたします」

席を立ったシャルティ様の後ろに見えるソルト家の天幕から、カルミアが神官を伴って出るのが視界に入った。

「フリージア、僕達も行こうか」

ヴュートがエスコートの手を差し出し、笑顔で言う。

「僕達は〝ショー〟の最前列、特等席だよ」

20、日輪の魔女と聖女

「何、これ……」

キャンプ会場からかなり北に進んだ誰も足を踏み入れない森の中に、その泉はあった。

あまりに大きなその泉の水は黒く濁り、思わず後ずさってしまう気持ち悪さがある。

昼間だと言うのに森は薄暗く、異様な雰囲気が漂っていた。

泉の奥の深い森には黒い靄《もや》がかかり、本能が足を踏み入れてはいけないと告げている。

「フリージア、あれが魔素《まそ》だよ。見たのは初めて？」

「ええ、初めて見たわ……。ヴュートは、見慣れているの……よね？」

本能的に、エスコートしてくれるヴュートの腕に思わず強くしがみついてしまう。

すると、なぜか頬を緩めたヴュートが顔を赤くする。

「……そ、そうだね。この魔素がこれより何倍も濃くなると魔素溜まりとなって、そこから魔物が発生するんだ」

つまり、この後ずさってしまうほどの魔素は、彼にとっては〝可愛《かわい》いもの〟というレベルなのだろう。

観覧用に泉の前に用意された椅子に案内される。

国王を始めとする王家が座るであろう豪華な椅子と、その脇を固めるようにシルフェン家、ソルト家の席が用意されていた。

三大公爵家の残り一つであるセリテル公爵家は今回参加していないようだ。

席につき、まだ空の王家の椅子に視線をやると、その奥にいた父と視線がぶつかる。

その目には以前向けられていた〝鬱陶しい〟ではなく、〝忌々《いまいま》しい〟という感情が見て取れた。

先ほどから感じていた胸がつかえるような気分の悪さが込み上げ、最前列ではなく一番後ろでいいのにと思う。

しかし後ろもほとんどの席が埋まり立ち見する人も多く、その中にはアカデミーのローブを着た人も多くいた。

そんな場所に行けば〝妹の活躍を妬む姉〟とまた悪評を立てられるだろう。我慢してここにいるしかなさそうだ。


「――ご静粛に。国王陛下の御成《おなり》です」

王家の近衛騎士が仰々しく告げ、ざわついていた会場が静まり返る。

泉の前に金の装飾がされた立ち台が置かれ、そちらに向けて敷かれた絨毯《じゅうたん》の上を国王陛下が進む。

その後ろに王妃様と王太子のフィリップ様、第一王女のオリヴィアが順に歩いて陛下の横に並んだ。

「今、其方《そな》達《た》の目の前に何が見える」

国王陛下が貴族達に語りかける。

少し高い台に立っているだけなのに、国王陛下の圧は強く、魔素とはまた別の空気の重さを感じる。

「日輪の魔女が現れなくなってはや百年。ここ、王家の森に置かれた浄化の紋は一部が欠け、神事だけでは浄化が間に合わなくなっている。それだけでなく、先日シンガル山に大きな魔素溜まりが発見され、ヨルムンガンドが出現し、さらには今までにない強大な魔物も――」

シンガル山？

ヨルムンガンド？

今から一年後、ヴュートが《魔竜》を討伐する前の状況とまったく一緒だ。

回帰前の記憶では、《魔竜》討伐の直前に大きな蛇の魔物ヨルムンガンドが出現した。

それをなんとか討伐したところで、《魔竜》までもが出現し、急遽《きゅうきょ》カルミアが派遣されることとなったのだ。

そして最終的にはカルミアの浄化の力で《魔竜》の力が弱まったことで討伐が成功したという話だった。

今から一年後の未来の予定が、なぜ早まっているのか……。

先日のカルミアの神事が失敗したから？

カルミアの代わりに祖母が神事を執り行ったと聞いたが、祖母は『全盛期とまではいかなかった』と言っていた。

だから回帰前と状況が異なってしまった……？


「……ジア？」

まだ陛下が話しているにもかかわらず、ぼんやりしていたところにヴュートに声をかけられ、ハッとする。

なんでもないと言うように微笑み、陛下の話に意識を戻した。

「――だが、心配することはない。今日は我が国の聖女カルミアのみならず、ウィンドブル国の聖女もその力の片鱗《へんりん》を見せてくれる。聖女達が浄化の紋をもって、世界の安寧《あんねい》のためにその力を示してくれるであろう」

そう言って陛下が台から降りると、神官長の先導でカルミアとシャルティ様が泉の前に立った。

神官長がカルミアに、手鏡サイズの黄金でできた《紋》を渡す。

《浄化の紋》だ。

確かにあのサイズの黄金でできたものならば、《聖女》といえどおいそれと渡すことはせずに、神殿か王家で厳重に管理されていることだろう。

二人に恭《うやうや》しく礼をした神官長が下がると、先ほどまで陛下の立っていた演壇にカルミアが上がり、仰々しく《紋》を両手で天に掲げ、魔力を通し始めた。

しん……と静まり返った会場の視線がカルミアに集中する。

そして……ふんわりと《紋》が輝いたかと思うと、泉も淡く光を放った。

薄暗い森の中に広がる幻想的な現象に、「おぉ……っ」と、会場から驚きの声が広がる。

少しして泉の光が消えると、魔素が薄くなっており、重い気分も緩和された。

「せ、聖女様ー!」

「すごい、これが浄化か!」

会場から感嘆の声が広がり、壇上に立つカルミアは今までにない満足そうな表情をしていた。

浄化は成功したようだ。

それでもまだ魔素は残っていて、森の奥にはまだ濃く、黒い霧が残っている。泉も先ほどに比べて明らかに靄は薄くなっているが、それでも濁りは完全に取れていない。

カルミアは得意げにシャルティ様を見て何かを呟いた後、彼女と場所を代わった。

シャルティ様が壇上に立つと、また会場は静まり返る。

『ウィンドブルの聖女の力はどれほどのものか』

そんな心の声が聞こえるようだ。

シャルティ様は表情を変えることなく胸元の《浄化の紋》のペンダントを握りしめ、魔力を込めた。

その瞬間――辺り一帯が眩《まばゆ》い光に包まれた。

カルミアの比ではない。

まさに森中が光に包まれ、その浄化の光は天まで届きそうなほどだ。

目が眩《くら》むほどの光が消えたかと思うと、森の魔素はすべて消えていた。

あまりの出来事に会場は静寂に包まれたままだった。

これがシャルティの浄化の力かと驚きながら壇上に視線をやると、その横にいたカルミアだけでなく、シャルティもまた驚きに目を見開いている。

った。


「何、これ……」

そう呟いたシャルティの表情は、先ほど会話した冷静な彼女とはかけ離れたものだった。

──それを見た私は、《日輪の魔女》に関する〝あの記載〟が真実だったと認めるしかなかった。

「シャルティ様の浄化魔法、すごかったね。僕初めて見たよ」

浄化魔法の披露の後、カルミアが体調不良ということで他に予定されていた《聖女》のイベントは中止となった。

体調が悪いというよりは、おそらくシャルティ様との力の差を見せつけられて精神的に参っているのだろう。

「……私もあんな浄化魔法は初めて見たわ」

《聖女》のイベントがなくなったので、日が沈む前に森を散策しようとヴュートに誘われて森を二人で歩いていた。

浄化の後だからか分からないが、空気が澄んでいるように思う。

「シャルティ様がいればシンガル山のことも心配ないね。実は騎士団長に討伐への参加を要請されていたんだけど、行かなくて済みそうだ」

「……え？」

上機嫌なヴュートが笑顔で言った言葉にギョッとする。

「あれだけ強力な浄化の力があれば、魔素溜まりもヨルムンガンドの討伐も楽勝じゃないかな。それに……」

「で……でも、シャルティ様はウィンドブルの聖女様よ。大事な聖女様をそんな危険なところに派遣してくれるかしら？」

「聖女や日輪の魔女に関しては協定があるはずだ。国によっては次代の聖女が産まれない場合もあるから、各国間で派遣し合うという。もちろん莫大《ばくだい》なお金はかかるけどね。それでも魔物の討伐のために騎士達を派遣する費用や失う命を考えたら安いものだよ」

「……でも、うちにはカルミアが」

「あんな強力な浄化を見せられたら、陛下も神官長も黙ってないと思うけど」

そんな呑気《のんき》に構えていていいものではない。ヴュートが《魔竜》を討伐することに、《聖剣》がかかっているのだ。

「じゃ、じゃあ、シャルティ様が行かれるとしても、ヴュートも同行してはどうかしら。万が一にでもシャルティ様のお力をお借りできるとなったら、警護は万全でないと！　国内一とも言われる貴方がいれば百人力だわ……！　貴方が行かなくて、誰が……」

――誰が《聖剣》を手にするの？

最強の騎士であり、《聖剣》に選ばれた《英雄》。

その称号は《聖剣》を手にして初めて彼が手に入れたものだ。

そのために彼は長い間努力してきたはずなのに。


……でも、果たして本当にそうなのだろうか？

もはや〝今回〟本当のところはどうなるのか、自信がない。

だって、回帰前とはあまりにいろんなことが変わってしまっている。

回帰前はヴュートが《魔竜》を倒していたけれど、今回は無事でいられる？

《魔竜》討伐のタイミングも、カルミアの浄化の能力も、騎士団のメンバーも前と完全に同じではない。

そこに偶然が重なれば……。


カルミアなしで本当に手に入れられる？

——なぜ彼は《聖剣》に選ばれたの？


疑問だけが頭の中をぐるぐると回り、言葉が出てこない。

「ヨルムンガンドは問題なく討伐できると思うんだ。でも、陛下も仰っていたけど……僕に、あんな大物倒せるかな……」

彼の呟く言葉に思わず肯首《こうしゅ》する。

さっきの陛下の話は途中から朧《おぼろ》げだけど、これだけは断言できる。

「魔竜ほどの魔物は貴方でないと倒せないと思うわ」

そう言うと、ヴュートはなぜか悲しそうに微笑んだ。


「フリージア嬢！」

私を呼ぶ声に振り向くと、息を切らしたシャルティ様が立っていた。

「シャルティ様？」

苦しそうに浅い呼吸をしながらも、こちらを見るアイスブルーの瞳には強い光が宿っている。

「貴女……いいえ、フリージア様が日輪の魔女ではないですか？」

その言葉に一瞬怯《ひる》んだのが間違いだった。

「……っ。何を仰っているんですか？　私は……日輪の魔女などではありません。聖女の適性もゼロでした」

「そんなはずはありません……。だって、私の浄化の力はあんなに強い光を放つものじゃありません。なぜ……と思った時、思い出したんです。ここ最近、アカデミーで誰もが口にしていた『いつも手伝っているフリージア嬢が神事を邪魔したせいで、カルミア嬢は聖女の力を発揮できなかった』『神事の前に帰って行った』と」

「……だからなんですか？　私には関係ありません」

気付かれている。

本で読んで、私自身も今日確信した《日輪の魔女》の能力に。

これだけ人がいる会場であれば、私だと特定されないと思っていたのに、初めて会ったシャルティ様に気付かれるとは。

「日輪の魔女の能力は、世代によって差はあれど……『聖女の力を増強する』。……貴女はカルミア嬢の邪魔をしていたんじゃない、彼女の力を増幅していたのよ」

彼女はそう断言した。

「それだけで決めつけるのは……」

「では、もう一度聖女の適性検査を受けてみて下さい」

「私は……」

「なぜ名乗り出ないのですか？　貴女一人の力で何人の人が救われ……」

「やめて下さい！　私は日輪の魔女なんかじゃありません！　そんな崇高《すうこう》な人間じゃ……。失礼します！」

身体を翻《ひるがえ》してその場を逃げ出した。

「ジア！」

「フリージア様！」

薄暗くなった森の奥をただ闇雲に走る。

鬱蒼《うっそう》と茂る木々と湿った土の匂い。暗くなってきた森の景色に、あの日のことを思い出す。

――『貴女が日輪の魔女でしょう？』

冷たい目で見下ろしながら、小さく笑ったカルミア。

彼女に飲まされた毒で上手く肺に空気が入らなかった。

動かせない身体に、溺れるような苦しさ。

あの時の恐怖が背筋を這《は》い上がる。

あの時のカルミアの目は尋常ではなかった。

私が《日輪の魔女》だと分かったら、今回だって何をするか分からない。

それだけじゃない。

『世界の平和を取り戻す』

歴代の《日輪の魔女》達は、そのためだけに人生を捧《ささ》げてきた。

……あぁ、私はなんて利己的で卑怯《ひきょう》で、臆病《おくびょう》なんだろうか。

恐怖からか、疲れからか分からず足がもつれ、地面に倒れ込みそうになったところを抱き止められた。

「ジア！」

ヴュートの温かい腕に支えられ、心配そうに覗き込まれたダークブルーの瞳に視界が滲《にじ》む。

「私は……日輪の魔女なんかじゃないわ……。日輪の……魔女なんかじゃ」

「……うん」

ぎゅっと抱きしめてくるその腕に、溢れた涙が落ち袖を濡《ぬ》らす。

「ヴュート……、私」

「帰ろう」

「ヴュート？」

「シルフェン邸に帰ろう」

そう言って力強く抱きしめてくれるヴュートにしがみつき、私は混乱したまま、自分の中にある感情に翻弄されるしかなかった。

——その様子を、父親が木の陰から見ているとは気付かないまま。

21、回帰者

ヴュートは私を連れて先に帰ることを告げると、シルフェン公爵は「キャンプはまた来ればいいから、ゆっくり休むといいよ」と笑って送り出してくれた。

「お嬢様、ココアをお持ちしました」

シルフェン邸に着き、フィーさんが持ってきてくれたココアを受け取ると、緊張からか冷えていた指先がじんわり温かくなる。

「美味《おい》しい……」

口の中に広がる甘さと温かさに、おさまったはずの涙がまた込み上げてくる。

ココア一つで感情がこんなに揺れ動くなんて、まるで子供みたいだ。

「……お風呂の準備をいたしましょうか？」

フィーさんにいつもの圧はなく、気遣ってくれているのが分かる。

「ありがとうございます。……でも、今は少し一人にしてもらっていいですか？」

「かしこまりました。……コレットもレイラもお部屋のすぐ側におりますから、何かありましたらお呼び下さいね」

「ありがとうございます」

三人が出て行った後、ココアを持ったままぼんやり部屋を眺める。

「……これからどうしよう」

《聖剣》のことも、《日輪の魔女》のことも、全部がこんがらがって頭の中がぐちゃぐちゃだ。

だが、現実から逃げることはできない。

シャルティ様に気付かれたということは、カルミアに知られる日もそう遠くないだろう。

机の上に置きっぱなしにしていた本、『日輪の魔女の歴史』を手に取る。

本の中には、歴代の《日輪の魔女》の生まれた年や国、個々の特性など、魔女達の一生が記されていた。

『高度な浄化や加護の紋様を、一日で五つ作り上げることができた』や、『触れただけで魔素の浄化ができた』など、魔女によって特性が違うことも書いてあった。

私には一日に小さな《加護の紋》一つ作るのが限界で、それだけで魔力をゴッソリ持っていかれ、疲労が全身を襲うのに。

初代の《日輪の魔女》から五千年ともなればどこまで本当か分からないが、どの魔女の能力にも共通して書かれているのが『聖女や使徒など近くにいる弟子達の能力を増幅させる力』だ。

そして、彼女達の送った人生もほぼ同じようなものだった。

最初の数代こそ各々《おのおの》の生活の一部に《日輪の魔女》の役目があったようだが、その後の歴代の魔女達は国に庇護《ひご》されてきた。それは代を追うごとに完全な管理へと変わる。

そうして《日輪の魔女》は国にとっての一大事業――商売道具へとなっていった。

《日輪の魔女》と分かったら、私はおそらく神殿の奥底で管理され、外の世界に触れることなく、完全で完璧な警護の下、毎日同じ生活を送るのだろう。

そして日々、《紋》の作成か修繕か。世界の安寧のためだけに生きていくのだ。

これまでの《日輪の魔女》がそうだったように。

――まるで囚人だ。


ココアの入ったカップを置いて、机の引き出しの一番奥、箱の中に収めたスケッチブックを取り出した。

表紙を捲《めく》ると、ヴュートが騎士団に入団した当時の切り抜きが貼ってあった。

公爵家筆頭であるシルフェン家の長男が入団するということで、新聞の一面を飾ったものだ。

ため息の出るような端整な顔立ちも相まって、その後も何度か組まれたヴュートの特集。そのすべての切り抜きが貼ってあった。

パラパラとページを進めていくと、切り抜き記事だけでなく、その横に押し花が添えられた箇所が増え始める。

長期遠征に行くことが多くなったヴュートが、その土地々々に咲く花を押し花にして手紙に添えてくれたものだ。

私には想像もできない魔物との戦いの中、こんなにも心を砕いてくれていたことに、心が動かないわけなかった。

——ヴュートには《聖剣》を手に入れてほしい。

想像もつかないほどの、努力の先にある夢を叶《かな》えてほしい。

たとえ、私と結ばれることなどなくても。

「……あれ？」

最後のページを捲ったところで、百ページ近いスケッチブックの後ろから一ページずつ戻る。

そうしてまた初めの一ページ目に戻ったところで再度ページを捲り始める。

「……ない」

何度か往復をした後、思わず声が漏れた。

切り抜きが剥《は》がれた形跡もない。

いくらで見直しても〝その記事〟が……ヴュートがレイラさんとサラマンダーを討伐した記事がなかった。


――あれは〝いつ〟の出来事だった？


コンコンコン、とノックの音がして、レイラさんから「ヴュート様がお会いしたいとのことですが」と声をかけられる。

机の引き出しにスケッチブックを収めながら、慌てて「どうぞ」と返事をする。

ドクンドクンと自分の心臓の音が胸に響き、開かれるドアをただ見つめることしかできなかった。

＊　＊　＊

二人でシルフェン邸に戻ったものの、かける言葉も見つからないまま、フリージアは「休みたい」と部屋に籠もってしまった。

「ちょっと、熊みたいにウロウロしないでくれる？」

侍女の格好に燃えるような赤い髪、グリーンの瞳がこちらを睨みつけながら言った。

「母上……。いつまでそんなことをされるおつもりですか？」

「いつまでやるかは私が決めるわ」

そう言って向かいのソファに座り、メイドの淹《い》れたお茶に口をつける。

フリージアをこの家に呼ぶと伝えてから、母は社交界でのフリージアの悪評に関して『自分の目で確かめるから会いたい』と領地から手紙を送ってきた。

しかし、『病気で静養中』ということにしてある母に、元気に出てきてもらっては困る。

当然断りの返事を返したら、執事のアンリに言っていつの間にか侍女としてフリージアの側にいて、楽しそうに彼女の世話に明け暮れていた。

「トリスタンは貴女の帰りを待っていると思いますよ」

ため息と共に言うも、母はどこ吹く風だ。

「あの子は笑顔で送り出してくれたわよ。『僕まで行くと不自然だから、命の恩人様によろしく』って」

チッと舌打ちをすると、母は目線だけこちらに寄越す。

「……貴方こそ、いつまでそんなところでウロウロしているの？」

従妹と同じように、こちらを見透かすようなエメラルドの瞳に思わず怯む。

「……ジアが、一人になりたいと」

「そうね。一人にさせてあげるのも大事だけど、あの子、一人にさせたままでいいって顔じゃなかったわよ」

「……レイラとコレットは？」

「部屋の前で待機してるわ。レイラなんて部屋の前の廊下を貴方みたいにウロウロして。騎士ってみんなそうなのかしら？」

その言い方に、やっぱり小憎たらしい従妹《いとこ》にそっくりだと思う。

母とオリヴィアは叔母《おば》と姪《めい》の関係だが、並ぶと親子にしか見えない。

「オリヴィアちゃんの大好きなお友達は、社交界に出回る噂とはかけ離れてるわね」

「当たり前でしょう。あんなもの根も葉もない噂ですよ」

「そうみたいね。トリスタンのために薬草を一人で探してくれた子だものね。……ソルト公爵が乗り込んできた時、いろいろ納得したわ。……で、いつまでぐずぐずしているの？」

「だから……」

「警備から、今日の昼、ネズミが一匹紛れ込もうとしていたと報告があったわ。心当たりがあるんじゃなくて？」

ハッと顔を上げると、控えていたアンリが小さく頷く。

「シルフェン公爵家に潜り込もうだなんて、自信家のネズミなのね」

クスリと笑う母は、口元は笑っているが目が笑っていなかった。

「そんなところでぐずぐずしているようじゃあ、守りたいものも守れないわよ。貴方、なんのために騎士になったの？」

その言葉に、何も言わずにジアの部屋に足早に向かった。

＊　＊　＊

「どう？　少しは落ち着いた？」

「ええ、お陰様で。ありがとう」

お茶を用意してくれたコレットさんが部屋を出て行き、ヴュートと二人きりになる。

部屋のドアは閉められており、ソファに隣り合って座る状況がどうにも落ち着かない。

普通は、婚約者と言えど未婚の男女が部屋に二人きりになる時はドアぐらいは開けておくものだ。

「……」

「……」

沈黙が広がる中、重い空気に耐えきれなくなって軽い口調で口を開いた。

「オ、オリヴィアやマクレン達に挨拶もせずに帰っちゃったね。そういえばマクレンが……」

「いつ、回帰したの？」

私の言葉を遮り、ヴュートが言った。

思わず顔を上げた先には白磁のような滑らかな肌に、通った鼻筋。

いつも通りの綺麗な顔なのに、向けられた視線はぞくりとするほど冷ややかだった。

「……え？」

「戻って来たんだろう？　いつ？　魔竜の討伐を知ってるということは、少なくとも今から一年は先かな？」

「……ヴュート？」

冷ややかだった瞳の色が、少しずつ感情の昂りで揺れ始めたのが分かる。

ヴュートの腕が私をソファに閉じ込めるように肘当てに添えられた。

「君はなぜシンガル山の魔物が魔竜だと知っていたの？」

「え、だって今日、陛下が……」

言っていたような……。

……ヴュートの口ぶりから、そう思ったのだ。

「誰も知らない情報だよ。その魔物の正体はヨルムンガンドを討伐して初めて分かるんだ。それなのに君は当然のように〝魔竜〟だと言った。……それに、サラマンダーの一件も。レイラはサラマンダーの討伐なんてしたことがない。今回はその直前に僕が騎士団から引き抜いたからね。君は一体〝いつ〟の記事を見たの？」

「ヴュ……」

「〝君も〟戻ってきたんだろう？」

ヴュートから聞かされる想像だにしない話に頭は働かず、彼の言葉を反芻《はんすう》することしかできなかった。

「きみ……も？」

＊　＊　＊

母に急き立てられるようにリビングを出て、ジアの部屋に行くと、表情の固いジアが机の前に立っていた。

彼女は明らかに動揺しているのに、気の利いた言葉の一つもかけられない自分が情けなくなる。

机の上には分厚い『日輪の魔女の歴史』と書かれた本が置かれており、他にも数冊《日輪の魔女》に関連した本が積まれていた。

アンリから、ジアが最近《日輪の魔女》に関する書物を読んでいるという報告は受けていたが、彼女は自分が《日輪の魔女》であることを知らなかったはずだ。

でなければ、《加護の紋》や、《癒やしの紋》など、安易に僕に送ったりしないだろう。

彼女が恐れていることが手に取るように分かる。

自由を奪われることに怯えているんだ。

先日も図書館で旅行記を机の上に積み上げて、楽しそうに読んでいた。

《日輪の魔女》だと世間に知られたら、彼女の今後は容易に想像できる。

宝物を、頑丈な鍵を掛けた重い扉の奥に収めるように。

誰にも奪われることのないように。

彼女に一番似合わない場所に閉じ込められるんだ。

彼女を安心させたい、守りたい……そう思っているのに言葉が見つからない。

正直に言ってみようか。


——僕は回帰者だと。


そして、君もそうなんじゃないかと。

僕が知っている未来を彼女は知っている。

もしかしたらと思っていたけれど、可能性は今日、確信に変わった。

けれど、それを聞くということは……。


「オ、オリヴィアやマクレン達に挨拶もせずに帰っちゃったね。そういえばマクレンが……」

重い空気を払うかのように明るい彼女の声が響く。

その言葉に、もう我慢できなかった。

マクレン、マクレン、マクレン……。

君が死んだ時その心は彼のものだった。それはきっと今も——。

「いつ、回帰したの？」

「……え？」

彼女の澄んだ紫水晶の瞳が揺れる。

わずかに震えるピンクの唇に目が吸い寄せられる。

その柔らかそうな唇で彼に愛を囁いたのか。

抜けるような白い頬を薄桃色に染めて。

「戻ってきたんだろう？　いつ？　魔竜の討伐を知ってるということは、少なくとも今から一年は先かな？」

「……ヴュート？」

無意識に、彼女の逃げ道をなくすようにソファと僕の腕の中に閉じ込める。

「君はなぜシンガル山の魔物が魔竜だと知っていたの？」

「え、だって今日、陛下が……」

国王陛下は《魔竜》の話など一言もしていない。もしかしたらと思った僕が誘導したのだ。

「誰も知らない情報だよ。その魔物の正体はヨルムンガンドを討伐して初めて分かるんだ。それなのに君は当然のように〝魔竜〟だと言った。……それに、サラマンダーの一件も。レイラはサラマンダーの討伐なんてしたことがない。今回はその直前に僕が騎士団から引き抜いたからね。君は一体〝いつ〟の記事を見たの？」

「ヴュ……」

「〝君も〟戻ってきたんだろう？」

「きみ……も？」

「僕もだよ、ジア。君の最後の記憶はいつ？　僕は、君が亡くなって……しばらくしてからだ」

彼女の手が震え、ドレスの裾をギュッと掴《つか》む。

その瞳には、恐怖と怯え。

追い詰めたかったわけじゃない。

二度目は失わないと決めたのに……。

「ジア……。君が望むなら、……マクレンと……」


「――貴方の裏切りを知った時よ」

僕の言葉を遮った彼女は、今まで見たことのない表情をしていた。

怒りに震え、きっと自分の瞳から零れる涙にも気付いていない。

「裏切り……？」

「そうよ、貴方はカルミアと婚約するって。彼女に手紙を寄越したでしょう？　遠征が終わったら父にカルミアと婚約できるようにお願いするって！」

「そんなことは言ってない！　何かの間違いだ」

「だったらなぜ、貴方に贈ったはずの、ハンカチやフィリグランをカルミアが持っていたの!?他にも私が贈ったものを……私に返してくれって……あの子に……渡し……たでしょう」

＊　＊　＊

滲む視界に自分が泣いているのだと気付く。

彼も回帰していたなんて想像もしなかった。

「二年も……。ほとんど手紙なんて送ってこなかったくせに。私が死んで罪悪感でも湧いた？だから今回は……婚約を続けようとしたの？　気にしなくてもよかったのに、貴方は貴方の好きな人と幸せになっていいのよ」

一度口にしたら止まらない。

ずっと溜め込んだ感情が堰《せき》を切ったように溢れてくる。

「なんでカルミアから聞かなきゃいけないの!?　貴方の口から言ってくれれば……。言ってくれれば」

どうしてこれ以上私の気持ちを揺さぶるの。

「……何を言ってるんだ。君こそ……。君こそずっと僕を裏切って、マクレンと……。だから戻ってきてからは……婚約を破棄するつもりだったんだろう?」

「何を言って……」

その時はっとした。

カルミアの最後の言葉。

――『貴女が彼を裏切ったという明確な材料が欲しいのよ』

「――君はマクレンと死を選んだんだ」

「あれはカルミアが……!」

「僕とフリージアが死を選んだってなんのこと?」

思いもよらない声に視線をやると、開いたドアからオリヴィアとマクレンが顔を覗かせていた。

「なんで……」

「なんでって……。シャルティ嬢が貴女のことを心配していて、天幕に行ったら帰ったって言うし。心配で様子を見に来たんだけど。あ、ノックはしたのよ？　返事はなかったけどちょっと揉めてそうな声がしたから心配で……」

オリヴィアは少し動揺した様子でマクレンと部屋に入り、パタンとドアを閉めた。

「……面白そうな話をしてたけど、どうぞ続けて？」

にこりと先を促すマクレンはいつものマクレンではない。

「出て行ってくれないか」

ヴュートが冷ややかに言うが、マクレンは笑顔で拒否する。

「うーん。それは嫌だなぁ。〝俺〟が死んだなんて聞いて、はいそうですか。ってわけにいかないだろう？」

マクレンのヴュートに対する態度がいつもとはまったく違う。

彼の一人称は『僕』なのに……。

「いつもとずいぶん雰囲気が違うじゃないか」

明らかに不審な目を向けるヴュートに対して「こっちが素だからね」とマクレンは笑って答えた。

オリヴィアは何も言わずこちらを見つめているが、私を心配してくれているのが分かる。

「……私は、また貴女を失うの？」

そう小さく呟いた彼女に、胸を突かれる。

回帰して会いにいった時、「寂しかった」と言ってくれた彼女の顔を思い出す。

回帰前は、カルミアが我が家に来てからずっとオリヴィアには会わなかった。会ったのは死の直前の数日間だけ。

視界が滲み、回帰前のオリヴィアの最期《さいご》を思い出す。

ベッドの上のやつれた彼女の血の気のない頬……。

「違うの、オリヴィア……。失うのは……貴女を失うのは私なのよ」

それを聞いたマクレンが、私達の向かいのソファにどかっと腰を下ろす。

「そこまで言われたら、もっと帰るわけにはいかなくなったよ。オリヴィアの死を暗示するような発言に……ウィンドブルの王子である俺が死ぬとまで言われたらね」

「なっ……」

突然の告白にヴュートが驚く。

「君は驚かないんだね、フリージア」

面白いものを発見したように言ったマクレンは笑顔でこちらを見る。

もう隠す気もない。

「オリヴィアから聞いていたから」

「え？」

そんなことは言っていないという顔をした彼女に微笑む。

「未来で、貴女が死ぬ前に聞いたのよ」

そう言うと、部屋はしんと静まり返った。

「……どういう意味？」

眉間に皺《しわ》を寄せたオリヴィアが呟く。

「私は今から二年先の未来から戻ってきたの。十八歳のある日、死んだと思った瞬間、二年前に死に戻ってた」

「そんなことって……」

「僕もだよ、オリヴィア。僕は死んだわけではないけれど、気がついたら二年前の遠征地に回帰していた」

ヴュートのその言葉に、彼が死んで回帰したわけではなかったことに安堵《あんど》する。

私と同じように死に戻ってきたのかもしれないと思ったから。

オリヴィアは深いため息を一つついたかと思うと、マクレンの横に勢いよく腰掛けた。

「ちゃんと説明して。全部……信じるから」

私はゆっくりと目を閉じて、「そうね……」と頷いた。

死に戻りなんて荒唐無稽な話、誰にも信じてもらえないと思っていたけど、話すならこの二人しかいない。

私は自分の未来だけでなく、この二人の未来も変えたいのだから。


瞼《まぶた》の裏に映るのは、あの日のカルミアの歪んだ微笑み。

暗い森の中で叩きつけてくる雨の記憶がまざまざと蘇《よみがえ》る。

今この現実ではないのに、寒気さえ感じてギュッと自分の腕を掴む。

「……今から二年先の未来、この国を襲った流行病《はやりやまい》が王宮にまで侵蝕《しんしょく》していたわ。オリヴィア、貴女はその病で亡くなってしまうの」

マクレンとオリヴィアが息を呑む。

そうして私は、オリヴィアと最期の日々と、私が死に戻った〝あの日〟のことをぽつりぽつりと話し始めた。

22、あの日の記憶

私がカルミアに殺される数日前、『オリヴィア王女が流行り病に罹《かか》った』との知らせが王都を駆け巡った。

なんでも、感染者のために私財をはたいて病院の増設や食事の援助をしたり、現場に視察に行ったりしていたのが原因だという。

市民は王女の容体を心配したが、貴族達はそうではなかった。

王宮に病を招き入れたと非難された彼女に訪問客はほとんどなく、会うのは簡単だった。

そもそも彼女は王位を継ぐ王太子と異なり、父王の関心すら薄い不遇の王女だった。

王宮の侍女に案内されてオリヴィアの部屋に入ると、感染を防ぐための大きなガラスの向こう側にベッドが一つ。

それでも侍女は感染が怖いのか、何かあったら声をかけてくれと言ってそそくさと出て行った。

真っ白なやつれた顔には、幼い頃の活発だった彼女の面影はない。

「ずいぶん時間がかかったんじゃなくて？」

ベッドに横になりながら、顔だけこちらに向けて揶揄うように言った彼女の言葉に、胸の奥が苦しくなる。

前回会ったのはいつだったたか。

あの頃、不敵に笑う彼女は生命力に溢れていた。

なのに、今目の前にいる彼女はすぐにでも呼吸が止まってしまいそうだ。

どうしてもっと早く会いにこなかったのか、後悔したって今さら遅い……。

「どうしたの？　昔はあんなにおしゃべりだったのに」

「おしゃべりだったのは私ではなく貴女っ、よ……」

なんとか口角を上げて軽口を叩こうと思ったのに、込み上げてくる感情に鼻の奥がツンとし、視界が滲んだ。

「あら？　下町のガキ大将は泣き虫だったのね」

「ヴィア、ごめん。ごめんね……」

「……分かってるわ。貴女が私のために会わなかったことも。でも寂しかったわ。貴女の噂がどうであれ、もう守ってもらう歳じゃないのよ」

「……っ」

オリヴィアはなぜ私が会いにこなかったのか理解してくれていた。

社交界で評判の悪い私が近くにいては、彼女に迷惑がかかると思って避けていたことを。

「泣かないで。大丈夫よ、私元気になるから。あぁ、そうそう私恋人ができたのよ。貴女にもらったハンカチの効果かしら」

「いやね。あのハンカチは恋人ができるものじゃないって言ったじゃない」

「え？　やだ。私ずっと勘違いしてたわ。なんにせよその彼が今この病の治療薬を探すために頑張ってくれてるのよ」

得意げに言うオリヴィアだが、彼女に婚約者ができたなどという話は聞いていない。

まだ陛下に言っていないのか、道ならぬ恋なのか。

「そういえば、もうすぐヴュートが遠征から帰ってくるわね。フリージアに会いたくて限界らしいわよ。貴女達の結婚式はすぐなのかしら。楽しみだわ」

ヴュートが私に会いたい？　私達の結婚式？　まるで遠い世界の出来事みたいに現実味がない。彼が遠征から帰ってくることすら私は知らなかった。

二年前からめっきり減った手紙に、送られてこなくなった節目ごとのプレゼント。それが私とヴュートの関係だ。

それでも彼女に心配をかけてはいけないと思い、曖昧に微笑む。

「……何もないわよ？　私達は……相変わらずだから」

「……ヴュートってば。守るって言ったのに……」

ベッドの上で何か彼女が言ったが、声が小さすぎて聞き取れなかった。

「え？　今なんて？」

「なんでもないわ」

チッと忌々しそうにオリヴィアが舌打ちした時、ノックの音がしてドアの向こう側からメイドの声がした。


「マクレン様のお越しです」

「どうぞ」

入ってきたのは、綺麗なエメラルドグリーンの瞳に金の髪、整った顔立ちに柔らかな笑みを浮かべた青年だった。

「マクレン、彼女が以前話した私の親友のフリージア＝ソルト公爵令嬢よ。フリージア、彼はマクレン＝ヴェルダー。アカデミーの同級生で私の恋人よ。隣国ウィンドブルからアカデミーに留学生として来ているんだけど……わけあって、第二王子という身分を隠して商人の息子としてここにいるのよ」

突然明かされた秘密の大きさに思わず目を見開く。

マクレンと紹介された彼も、驚いた顔をしていた。

「マクレン、大丈夫。フリージアは誰にも言わないわ。私のために、私と会わないことを決めてしまう子だから」

オリヴィアがそう言うと、マクレンは彼女に小さく頷き、私に挨拶の礼を執った。

「ウィンドブル王国第二王子、マクシミリアン＝スミリア＝ウィンドブルです」

「初めまして、殿下。私はソルト公爵家長女、フリージア＝ソルトと申します」

「貴女がカルミア嬢の姉君ですね。フリージア嬢の武勇伝はかねがねオリヴィアから聞いています。お会いできて嬉しいです」

イタズラっぽく微笑まれ、何を言ったのかとオリヴィアをジロリと見る。

「嫌ね、そんなに睨まなくてっ……も……ゴホっ……ゴホっ」

咳《せ》き込むオリヴィアに、思わず駆け寄ろうとするが、ガラス越しの彼女に私ができることなど何もない。

「オリヴィア！　僕が侍女を呼んでくるからフリージア嬢は……！」

「だ、大丈夫よ。マクレン。ちょっと咳き込んだだけよ」

「オリヴィア……」

そっと、マクレンの右手がガラスに触れた。

本物の彼女に触れることができないもどかしさに、彼の表情が切なく歪む。

「マクレン……」

「僕が、絶対に薬を持ってくるから。必ず……っ」

搾り出すように言った彼に、オリヴィアが柔らかく微笑んだ。

「うん。待ってるから」

その笑顔を見ていられず、顔を背け涙をなんとか堪《こら》えようとする。

なんとか元気になってほしい。

けれど、宮廷の医療チームも、神殿ですら治療できない状況だ。

私の《癒やしの紋》などではどうにもできないだろう。

「オリヴィア様。診察のお時間です」

「フリージア、マクレン。また来てね」

私とマクレンと入れ替わりに入ってきた医師達に囲まれながら、オリヴィアにかけられた言葉に、私は「毎日来るから」とぎこちない笑顔を返した。

翌日から、マクレンが毎日オリヴィアのお見舞いに誘ってくれた。

家の馬車が自由に使えない私のためにソルト邸までヴェルダー商会の馬車で迎えに来てくれ、

道中はオリヴィアの話をたくさんしてくれた。

　男性と話すのはあまり得意ではなかった私でも、マクレンとは「今は商人の息子って体で敬語は抜きでフランクに話してくれ」という彼のコミュニケーション能力の高さと、オリヴィアという共通の話題のおかげですぐに打ち解けた。

　アカデミーでの彼女の成績や、流行り病にかかった民のためにどれほど尽力したのかという話はいつまで聞いていても飽きることはない。

「彼女がどんなに頑張っても、国王や王太子は見舞いにも来ない。僕はオリヴィアが元気になったら、ウィンドブルに彼女を連れて行くよ」

　そう決意するように言ったマクレンの瞳の奥には強い光があった。

「そのためには、やっておかないといけないことが山ほどあるんだけどね。……ところで、君はシルフェン公爵子息と婚約関係にあると聞いたんだけど……、オリヴィアがいろいろ心配していたよ」

「心配？」

「そう。国営新聞できみの妹と記事になったりしていただろう？」

「あぁ……心配かけちゃってたか……。正直、上手くいっているとは言えないわ。騎士団の遠征が当初の予定よりも長引いているみたいで会っていないし、ここ一、二年はもう手紙やプレゼントのやりとりもないし」

「遠征は確か当初は一年の予定だったんだっけ？　ここ一、二年の魔素の広がりが想像以上で魔物問題だけじゃなく他にもいろいろ支障が出ているって聞いたけど」

「……ええ。そうみたい。それもあって妹も頻繁に騎士団に慰問に訪れているみたいなの」

「だからあんなに頻繁に記事が上がっているのか」

カルミアが騎士団を訪れた際、新聞の表紙を飾るのは決まってヴュートとカルミアのツーショットだ。

婚約者が私であることは周知の事実のはずなのに、新聞が取り上げるのは二人の愛の軌跡を追うような記事だった。

「でも、ヴュート殿が帰ってくればそんな心配もなくなるんじゃないかな？　オリヴィアは記事を見る度に怒ってはいるけど、デマだって豪語していたし」

私を安心させるように微笑む彼になんと言っていいのか分からない。

誰だってカルミアに夢中になる。

それがさんざん目の前で見てきた私の現実だ。

今の私は〝婚約者〟という立場に縋り付いているだけ。

それだけを唯一の心の拠《よ》り所《どころ》に、どんなに、どんなふうに新聞で二人が取り上げられようとも、彼から手紙が来なくても、絶え間なく押し寄せる不安に蓋をして、命を懸《か》けて戦う彼の無事を祈っている。

「それより、マクレン……」

「ん？」

「これを受け取ってくれる？」

私が手渡したのは巷《ちまた》で流行っている《恋愛成就の紋》が刺繍されたハンカチだ。

「えーっと……」

恋を叶える《紋》と言われ恋人同士で送りあったり、告白の時に渡したりもするけれど、本来は用途が違う。

「勘違いしないで。貴方とオリヴィアの恋がずっと……ずっと、上手くいきますようにって彼女とお揃いで作ったの」

そう言って、オリヴィアに渡す予定のハンカチを彼に見せると「あ、あぁ……」と安堵したように彼が小さく呟いた。

「親友の恋人相手にそんな思いなんて抱かないわよ。……想《おも》い合っている貴方達が、ずっと一緒にいられることを、ただ願っているわ」

彼はハンカチをギュッと握りしめると、眉根を寄せて「ありがとう」と微笑んだ。

どんなに馬車の中でオリヴィアの楽しい話に笑っても、私もマクレンも彼女を失う恐怖を誤魔化そうと、明るく振る舞っているだけ。

忍び寄る彼女の死の予感に怯えながら、祈るように日々を過ごしていた。


――その日、王宮に訪問すると、オリヴィアは面会できる状況ではなかった。

マクレンは彼女の容体がよくなるまで待機していることが許されたが、私は帰された。

「お帰りなさい。お姉様」

「カルミア？」

ソルト邸に帰宅したところ、珍しくカルミアに話しかけられた。

「ちょっとお話しがあるのだけれど、いいかしら？」

「ええ……いいけれど」

彼女の私室に案内され、お茶を出される。

ふわりと香る甘い香りに、飲んだことのないお茶だと思った。

「ヴュート様の騎士団に慰問に行ったので、お土産に買ってきたの」

「そう……」

わずかなプライドから、それだけの返事に留める。

『彼は元気？』『怪我《けが》をしていない？』『何か私のことを言っていた？』……

そんなことが気になるのに、カルミアの口から自分の婚約者の話を聞くなんて惨《みじ》めすぎる。

「お姉様ってば。ヴュート様のこと何も聞かないのね？　気にならないの？　まぁ、最近毎日他の男性とお出かけしているものね」

「彼はオリヴィア王女のご学友で、病で伏せっていらっしゃる殿下のお見舞いに行っているだけよ。やましいことなんてないわ。私は気軽に馬車を使えないから送迎してくれているだけで、彼の従者も常に一緒にいるわ」

カルミアがいるとソルト家の馬車すら簡単に使えない。

一度王宮に行く時に使ったら、「お姉様に使われては出かけたい時に使えない」とカルミアが文句を言って、その後は一切使えなくなってしまったのだ。

「……ふぅん。お姉様とオリヴィア王女はお知り合いだったのね。毎日行くなんて」

「小さい頃はよく遊んでいたのよ……」

「親友ってこと？」

「……少なくとも私はそう思っているわ」

貴女が来て、私の悪評が出回ってからは会うのを控えていたけれど……と思いながらお茶を口に運ぶ。

「それで、オリヴィア王女の容体はどうなの？」

いつになく個人的な話をするなと思っていたが、まさかカルミアがオリヴィアの心配をするなんて予想外すぎて顔を上げる。

「よくはないみたい。今マクレンが彼女に付き添っていて、何かあったらこちらに連絡をくれると言っていたから。帰りに寄ってくれると思うわ」

「ふーん……」

「で、話って何かしら？」

「え、あぁ。最後にちょっと姉妹ごっこをしようかと思って。でも聞きたい情報も聞けたし。もういいかな」

「最後？」

なんの話かと思って、彼女に問いかけると、突然部屋の中に数人の男が入ってきた。

「何！　……っ!?」

男達に拘束されながら、徐々に胸が苦しくなり、抵抗する力が湧かない。

「大丈夫よ。すぐに死んだりしないから。じっくり、じわじわと呼吸ができなくなるだけよ」

ふふふと笑う彼女の瞳にざわりと恐怖が這い上がった。

「最後のお茶は美味しかった？　毒が入ってるなんて分からなかったでしょう？　紋を作る力も出ないでしょう？」

「なんで……っ」

カルミアはその言葉に応えることはなく、楽しそうに勝ち誇ったような微笑みを浮かべた。

私は男達に外に連れ出され、公爵家の紋付の馬車ではなく、なんの特徴もない馬車に押し込められた。

＊　＊　＊

「――そして、毒を飲まされた私は王都の一番近くの森に連れて行かれたの……」

二年後の未来の話、しかも自分達が死ぬなどという信じ難い話にも関わらず、誰も口を挟まず聞いてくれる。

そのことに勇気づけられ、私は這い上がってくる〝あの日〟の恐怖を押し殺し、淡々と未来の話を続ける。

「カルミアはヴュートから私に返してくれと渡された、というプレゼントを踏みつけて、カルミアに宛てた手紙を……『フリージアとの婚約を破棄してカルミアと結婚したい』という手紙を読みながら、私に死んでくれって言ったわ。そして私が死んだら日輪の魔女の能力を彼女が得られるかのように話していた」

カルミアに飲まされた毒の苦しさも、ヴュートへのプレゼントが踏《ふ》み躙《にじ》られて潰れる様も、カルミアが手紙を読み上げる声も、すべてが昨日のことのようにまざまざと思い出される。

「その後、おそらくマクレンが私を訪ねてきた時に、彼を拘束したんでしょうね。私とマクレンを恋人の心中に見せかけて死んでもらうって言っていたから。……マクレンは私と同じ毒で殺されてしまったんだと思うわ……」

オリヴィアの側にいたかっただろうに、オリヴィアの最期の願いを聞いて私のところに来てくれたのだ……。

「カルミアがなぜ私が死ぬことで日輪の魔女の能力が手に入ると思ったのかは分からないけれど、回帰した時一番に浮かんだのは、カルミアに能力を知られたら殺されるという恐怖で……ソルト家を出ようと思ったの。そして次こそは、彼女達のために生きるのではなく、自分がしたいことをしようと思って……」

「ヴュート、最低」

話の最後まで口を挟むことなく話を聞いていたオリヴィアが堪えられない様子で溢《こぼ》したのは、自分やマクレンの死へ怯えではなく、ヴュートへの悪態だった。

「待てよ、僕はそんな手紙送ってないぞ！」

「でも、二年間も手紙を送らなかったんでしょう？　フリージアからのプレゼントも無視して」

「プレゼントなんか届いてない！　……カルミア嬢に手紙を出したのだって彼女からフリージアの近況を書いた手紙が届いたから返事をしただけで……。婚約のことなんて一切書いてない」

「じゃあ手紙は出したんだ」

「出したけど……フリージアにも出していたさ」

「ねぇ、フリージア。カルミアが読んでいた手紙の中身は見たの？」

　オリヴィアに言われてあの時のことを思い返す。

「……ヴュートの字で宛名が書かれた封筒を持っていて、その中から出した手紙をカルミアは読んでいたから……。中身は確かに見ていないわ」

　そう言うと、ははっとマクレンが笑った。

「じゃあ、答えは簡単だね。婚約云々はカルミア嬢の自作自演で、フリージアとヴュート殿の手紙も彼女が裏で止めていたんだろう。……返すように言われたという贈り物について、ヴュート殿の心当たりは？」

「ある。遠征中にフリージアからもらったものがなくなることが時々あって……。でも、陣には魔物が突然襲ってくることもあったし、ものがなくなるのは僕だけじゃなくて……詳しく調べることはできなかった」

「騎士団の中に彼女の協力者でもいたのかな？　まぁ、二年もかけてヴュート殿に対する不信感を植え付ければ、あっさり信じるのも無理ないか」

二人のやりとりに言葉を失っている私の目の前で、突然ヴュートが片膝を突く。

「フリージア……」

私の手を取り、それを両手で彼の額に……祈るように、持っていく。

「守ってあげられなくて……ごめん。……本当に……君をずっと……守れていなかった」

俯《うつむ》いた彼が発する、絞り出すような声に、胸の奥の、もっと深いところを鷲掴《わしづか》みされたように痛み、言葉に詰まる。

「ヴュート……違うの……」

「……手紙が途絶えた時点で、何か行動するべきだった……」

「違う、ヴュート……。私も……何もしなかった……から。誰もがカルミアを好きになる。だから……貴方がカルミアと恋に落ちたと聞いても何も疑問に思わなかった……」

「僕は昔から、フリージアだけだよ。なのに、ずっと遠征で君の側にいられなかったから……君が他の男に心を移したのだと。命を絶つぐらいなら……身を引いたのにと」

そう言った彼の手が、そっと私の頬を包む。

「君だけが、ずっと僕の心を捉えて離さない」

まるで壊れものを扱うかのように恐る恐る私に触れる彼の手が、私の涙を拭う。

「君が死んだと聞かされた時の僕の気持ちが分かるかい？」

そう静かに近づいてくる彼の仄暗い瞳に、吸い込まれてしまうような錯覚を起こす。

「三年も会えないまま、君が花開いていく瞬間を見ることもできないまま、久々に会えた君はもう……。でも僕だけが被害者のように思ってた……。君にはどうすることもできなかったのに何も気付けなかった。謝ることも許しを乞う資格も……ない」

その時の苦悩を思い出すかのように、震える声でヴュートが続ける。

「時間が戻ったと知った時、もし君がまたマクレンと恋に落ちたなら……。二人がそうなる運命なら、君を彼に託すしかないと思ってた」

「……ずいぶん、私達の会話に割り込んでいたと思うけど……」

ふっと笑いながらも流れる涙は止まらない。

「それは……まあ、嫉妬してしまうのはどうしようもないよね。それでももし、ジアが彼と一緒にいることを願うのなら受け入れる覚悟はあったよ」

「私は、始めから諦めたわ。すべて持っているあの子に……カルミアに、貴方が惹《ひ》かれるのは当然と思っていたから。だから回帰した時、傷の浅いうちに逃げ出す道を選んだの。……ごめんなさい」

胸の奥にずっと抱え込んでいた思いは、一度言葉にすると止まらなかった。

今言わなければ。

今伝えなければ。

「……貴方とカルミアの記事が取り上げられる度につらかった。貴方は……魔竜を倒して聖剣を手に入れた時、カルミアと恋に落ちたと……」

「新聞なんて遠征地で見ることは滅多にないし、そんなの誰かが意図的に書かせたものだろう」

「カルミアの浄化魔法が、貴方の戦いを援護したって……」

「言っただろう？　僕はカルミア嬢の浄化魔法を見たことなんてないって」

その言葉にハッとする。

確かに、カルミアは浄化魔法を使えるのか聞いた時、ヴュートは慰問でも見たことがないと言った。

「君の遺品の中に恋愛成就の紋とマクレン殿の名前が古代文字で刺繍されたハンカチがあった。だから君はてっきり……」

その時、「言っておくけど」とマクレンに会話を切られる。

「今さらだけど、俺が好きなのは今も未来もオリヴィアだからね」

「マ、マクレン。貴方何を言って……」

真っ赤になったオリヴィアがふるふると震えている。

「だって、言わなかったらなんか有耶無耶《うやむや》にされそうだし。どうせならもう、今から恋人になっちゃうのはどう？」

茶目っ気たっぷりにそう言って、マクレンは真っ赤な顔のオリヴィアを覗き込んだ。

そんな二人を微笑ましく思いながらも、ヴュートに向き直る。

「貴方が見たというハンカチに刺繍されていたのは、正しくは恋の紋よ。恋を叶えるものではなくて、思いを伝えるだけのものなの」

「……は？」

「街の雑貨店なんかで売られている恋愛成就の紋は、恋が叶うかのように喧伝《けんでん》されているけど、そうじゃないの。本来は好意を伝えるだけのものなのよ。みんな分かってゲン担《かつ》ぎのおまじないみたいに使っていると思ってたけど……。つまり、〝マクレンの好意を誰かに伝えるハンカチ〟であって、私とマクレンの恋愛成就を願うものじゃないのよ。……オリヴィアが亡くなる前に、マクレンの気持ちを絶対彼女の中に残したかったの。……貴女は愛されているって。

……ちなみにオリヴィアも同じものを持ってるわよ。昔からね」

オリヴィアがまた顔を赤くする。

「今はあまり使われていないけど、憤怒《ふんど》の紋とか悲嘆《ひたん》の紋とか用途のよく分からない感情的なふんわりした紋っていろいろあるじゃない？　近いもので言ったら魅了の紋かしら？」

「君はそれらが作れる？」

マクレンの意味ありげな言葉に戸惑いながらも、答えた。

「……ええ。一応ね」

祖母に幼い頃からいろんな《紋》を教えられてきたけれど、祖母は指定した《紋》以外は絶対に描くなといつも言っていた。

祖母はひょっとして……。

「君が本当に日輪の魔女とはね」

マクレンが真顔になり、核心を突いてくる。

「……その可能性があるというだけよ」

確定ではない。

「君が今言った紋は日輪の魔女しか作れないものだ」

そう言ったマクレンを、ヴュートとオリヴィアが睨みつけた。

「誰にも言うなよ」

「誰にも言わないで」

そんな二人の態度に違和感を感じる。

そういえば、私が《日輪の魔女》かもしれないと言った時、オリヴィアは驚きもしなかった。

ヴュートだってさっきシャルティ様に指摘された時も、今もまったく驚いていない。

「なんで？　日輪の魔女なんて、今の世界の問題を一気に解決するチャンスだろう？」

その返答に二人はさらにマクレンを睨みつける。

「彼女を利用しようとするな！」


その時、コンコンコンとノックの音がしてアンリさんの声がした。

「ヴュート様、フリージア様。ソルト公爵夫妻がお会いしたいといらっしゃってます」

「また邪魔者か……」

はぁ、とため息をついたヴュートがアンリさんに取り込み中と伝えるよう言うが、父がわざわざ王家主催のキャンプを放り出してまでここにくるほどだ。

簡単に帰るとも思えないし、先延ばしにしても面倒臭そうだ。

「ヴュート、私だけでも会ってくるわ」

「ジア⁉」

「なんの用か知らないけど、先延ばしにしたくない」

あの人にもう何も期待などしない。

何を言われようとも心は動かない。

ヴュートに大丈夫と笑顔を向けると、彼は「僕も行くよ。話の続きはその後にしよう」と諦めたようにため息をついた。

23、父の再来

「フリージアを返して頂く」

ヴュートに先に少し話をするから、と言われ応接室の前で待っていた私とオリヴィア、マクレンの三人は、ドア越しに聞こえる父の声に思わずドアに耳をくっつける。

今さらソルト家に戻れとは……。

「ソルト公爵、仰っている意味が分かりませんが。先日結婚の話を進めた際にフリージアはシルフェン家で預かるということになったはずです。そして先日のフリージアへのあの所業。話し合う余地はありません」

「ヴュート殿。貴方もご存知でしょう？　フリージアは日輪の魔女です。シルフェン家でのんびり花嫁修行などしている場合ではないのですよ」

その言葉に心臓が跳ね、震える指先が冷えていくのが分かる。

「なんのことでしょう？　一体どこからそのような話が出たのです？」

「……っふざけるな！　今日ウィンドブルの聖女と会話しているのを私はこの耳で聞いたんだ！　カルミアの能力を押し上げていたのはフリージアだと！」

「ではフリージアが否定しているのを聞いていらしたのでは？」

「ハッ……！　だから今からフリージアを連れて神殿に確認しにいくんだ！　隠してないでフリージアを出せ！」

怒り、声を荒らげる父にもヴュートは動じている様子はない。

「もうフリージアをシルフェン家の婚約者にしておく意味などない。フリージアとの婚約がダイヤモンドの取引の値引き条件だったが、お前のところと取引をするよりも日輪の魔女のほうがもっと利益がある！」

……だから、来ると思っていたソルト家からの除籍の知らせがなかったのか。

「相変わらず貴女の父親はぶっ飛んでるわね」

馬鹿にしたように小さく鼻で笑ったオリヴィアに、返事をしようとしたところに思いがけない声がする。

「フリージア、そこをおどきなさい」

振り向いた先にいたのは、ここにいるはずのない祖母で……。

「お祖母様《ばあ》……」

「オリヴィア王女も、盗み聞きなどはしたないですよ。フリージア……おどきなさい」

断固とした口調に押され思わずドアから離れると、祖母はそのままノックもせず、まっすぐ応接室に入っていった。

「母上？　どうしてここに……」

部屋の中から驚いたような父の声が聞こえる。

「王家の森からフリージア達が帰った後、ソルト家の天幕を急いで撤収させて帰ったでしょう？　大好きな社交の場をあんなふうに去っていけば何かあると思うに決まっています」

「そ、そうですか。でも丁度よかった！　母上からもヴュート殿にフリージアを返すよう言って下さい！　実はフリージアが日輪の魔女だったのです！」

あぁ、私はソルト家に返されるのかもしれない。

祖母は今まで、当主である父に従い、常に私より義母とカルミアを優先してきた。

絶望的な気持ちで天を仰ぐ。

しかし聞こえてきたのは——

「この子は帰しません」

想像だにしなかった言葉に目を見開く。

「な、なぜフリージアをソルト家に戻さないのですか！　あの子は私の娘ですよ！」

「私が保護者よ。ヴュート殿とフリージアの婚約期間や結婚時期に関する契約書にも、そのことが明記されていたはずよ。『フリージアの親権と保護者としての責任を私に渡す』と。貴方も確認してサインしたでしょう？」

「だからこうして母上に、フリージアに……一人では役に立たないカルミアの代わりに日輪の魔女としての仕事をさせるように申し上げているのではないですか」

あの父が、あんなに可愛がっていたカルミアをそんなふうに言うなんて。

「帰りなさい。フリージアはもうソルト家には返しません。貴方はあの書類にサインする前から保護者としての責任を実質放棄していたでしょう？」

「……なぜそんなことを」

「……」

「母上？」

なんの返事もしない祖母に父親が不思議そうに声をかけた。

「ヴュート殿。扉の前にいるフリージアを他の部屋に連れて行って下さい」

「なんだと！　フリージア！　そこにいるのか！　入ってこい！」

父の大きな声に身体がビクリと反応する。

もう心を動かされることはないと思っていたのに、植え付けられた恐怖心が反応する。

「ヴュート殿！　連れて行って下さい！」

祖母の悲痛な声に驚きを隠せない。

一体何が起きているの？


不意に扉が開き、ヴュートが出てきた。

「ジア、行こう」

開いたドアの隙間から目が合った祖母は、何かを覚悟したような……何かを堪えるような目をしていた。

部屋に向かって少し進んだところで、ヴュートが足を止める。

「レイラ、いるか？」

「はい。こちらに」

さっきまでいなかったレイラさんが、すっと物影から現れた。

「フリージア達を部屋まで案内して、警備に当たれ」

「はっ」

「……ヴュート？」

こちらを優しく見たヴュートがふわりと微笑む。

「マグノリア様が心配だから……僕は側にいるよ。ジアは心配しないで待ってて」

「……何を知ってるの？」

私の知らないところで何かが起きている気持ちの悪さを感じる。

「大丈夫。レイラもコレットもここでの話を他人に漏らすような愚かな真似《まね》は……」

「そうじゃなくて！」

そんな話はしていない。

「……マグノリア様はご存知だったよ。昔からずっと……」


――君が《日輪の魔女》だと。


応接室に戻っていくヴュートの後ろ姿を見つめてただただ呆然《ぼうぜん》とする。

『昔から』『ずっと』？

昔って、いつ？


記憶の中の祖母の笑顔は朧げだ。

今ではもう、厳しく躾《しつ》けられる時の顔しかはっきり思い出せない。

――知っていたのならなぜ、私を神殿に連れて行かなかったの？

「フリージア様⁉」

「「フリージア⁉」」

レイラとオリヴィア達の呼ぶ声を無視して、応接室に戻っていくヴュートの元に走る。

「ヴュート！」

「ジア？」

「私も行く。私自身の話だもの」

「……でも」

じっと私を見つめたヴュートは小さくため息をついた。

「分かった。行こう」

＊　＊　＊

「フリージアが生まれてからずっと貴方は無関心だったのに、今さら何を言っているの？」

「……母上？」

扉をノックしようとした手が思わず止まる。

「フリージアの母親が……リリーが馬車の事故で死んだ時、貴方は何をしていたの？　あの子ったの側にいた？　愛人に溺れた貴方の生活は何一つ変わらなかった。家に帰ってくることもなかった」

「母上がいたではありませんか」

「そうね。フリージアには私しかいなかった。私がつまらない風邪をひいて体調を崩した時、あの子の目にあったのは……恐怖だったわ。私が死んだらあの子はあの家で完全に一人ぼっちになる。……残されるものがどれだけつらいか、貴方にそれが分かっていたの⁉　私は怖かったわ。あの子を一人にすることが。だからそこに降って湧いたシルフェン家からの縁談は、まさに唯一の希望だった。フリージアが新しい家族を手に入れるチャンスだった！」

「……だからあの時、婚約の後押しをしたのですね」

「そうよ。カルミアの聖女認定後にも関わらずソルト家はフリージアとの婚約を求めてきた。私が直接話を聞きに行ったことも知らないでしょう？」

「……味方だと思っていたのに」

「味方だったわよ……。愛して、愛して、愚かな息子でも貴方を愛していた。そんな貴方の子供だからこそフリージアが愛《いと》しいのよ」

　祖母の震える声に、私の手も震える。

　あれだけ私に厳しかった祖母が、なぜ私を庇《かば》ってくれるのか分からない。

けれど……今、私が守られていることは……分かる。

私自身が決着をつけなくては……祖母だけ戦わせて何になるというの！

「リリーが死んで、貴方が〝そこの女〟と再婚すると言った時……」

「母上！　妻のことをそこの女とはあまりにも……！」

震える手を握りしめ、息を大きく吸って二人の会話を止めるように高くノックして扉を開ける。

「お父様、私と話をしましょう……」

「やっと来たか、フリージア」

「あら、いらっしゃい」

父の言葉と同時に、さっきまでまったく会話に参加していなかった義母のターニャが笑顔をこちらに向ける。

「フリージアもヴュート殿もおかけなさいな。ゆっくりお話ししましょう。フリージア、メイドが置いていってくれたポットにお茶があるから皆さんにご用意なさい。……ヴュート殿がメイドを追い出してしまったから、少し冷めているけれど」

「フリージア、私が用意するから貴女は座りなさい」

当たり前のように指示した義母の言葉を無視して、祖母がティーワゴンに向かった。

「では本題に入るが、フリージア。カルミアが聖女として役に立たないと分かった以上、ソルト家を支えるのはお前だ。カルミアの聖女の補助金でも年八億レニーあったんだ。日輪の魔女ともなれば、どれだけもらえることか。辺境の土地では修復ができない紋も多い。お前が派遣されれば国も潤い、お前は世界中から崇拝される人間になれる」

な?と、にこにこと笑う父の顔に寒気しかしない。

私の記憶にある限り、初めて向けられた笑顔だ。

「……それだけですか?」

「それ以上何を望む? 世界中の人間に崇《あが》められ、贅沢《ぜいたく》な暮らしができるんだぞ。本当にお前は私の誇りだよ」

微かに、横でヴュートの舌打ちが聞こえる。

「……」

「とりあえず、これから神殿に行って、日輪の魔女である証明をしてこい。その後は世界のために役割をしっかり果たすんだ。お前がやっとソルト家の役に立てるんだぞ」

あぁ、私はなぜこんなものをずっと欲しがっていたのだろうか。

幼い頃、向けてほしかった笑顔は、こんなものだったのだろうか。

この笑顔は私に向けられたものではなく、私の後ろにあるお金と権力に向けられたものだ。

黙った私が癪《しゃく》に触ったのか、父の声に苛立《いらだ》ちの色が混じる。

「なんだ？　その顔は。不満か？　今後は神殿に籠もることになるとはいえ、贅沢な暮らしは約束されているんだ。……あぁ、褒めてほしいのか。日輪の魔女として認定されればいくらでも褒めてやるからさっさと……」

「嫌です」

「なんだと？」

「嫌だと言ったんです」

そう睨みつけると、父が驚いたように目を見開く。

「もう貴方達のために私が何かすることはありません。日輪の魔女だと証明しになど行かない！　なりたいなんて思ったこともない！」

「日輪の魔女ということ以外に、お前になんの価値があると思うんだ。なんの価値もないじゃないか！　それに、世界中に今、紋がなくて困っている人間がいるというのに、救える力があるのに、救わないとは……お前は彼らを見捨てるのか！　人殺しめ！」

強い言葉に思わず怯んだ私に父が手を伸ばしたところで、ヴュートがその手を払いのけた。

「……貴様……」

「まぁまぁ、皆さん落ち着いて。お茶でも頂きましょう。ほら、貴方も落ち着いて」

緊迫した空気の中、一人だけ場違いなほど呑気な声で義母が父を宥《なだ》めお茶を勧める。

お茶を淹れてくれた祖母にお礼を言い、緊張に渇いた口を潤そうとカップを口に運ぼうとした手が思わず止まった。

ふわりと甘く香るこの匂い。

覚えがある。

ふと視線を上げると父も義母もそのお茶に口をつけていた。

祖母も、ヴュートも。

勘違い？　いいえ。

——誰が、これを？


「——どうしたの、フリージア。飲まないの？　このお茶は最近奥様方に人気のお茶で手土産に持ってきたのよ」

微笑みながらそう言った義母の目は、寒気がするほど仄暗かった。

「っ……飲まないで！」

ガチャンとヴュートと祖母のカップを払う。

「ジア？」

この香りは……あの日カルミアに飲まされた毒の入ったお茶と一緒だ。

「……毒が入ってるわ」

「ハッ、何を馬鹿なことを！」

そう鼻で笑いながら父が言った時、ドサリと横で音がした。

「母上⁉」

「お祖母様‼」

「マグノリア様‼」

「あら？　即効性はないはずなんだけど。年寄りには効きやすいのかしら。貴方は、どう？」

「ターニャ？　お……お前何を言って……」

「まだのようね。ということは、ヴュート殿はもう少し時間がかかるわね」

ふぅ、とため息をついた義母に、ヴュートが風魔法を叩きつける。

が、それを義母は同じ風魔法で相殺した。

義母の魔法を目にしたのは初めてだ。回帰前にも使っていた記憶はない。

「うっ……。はっ……はぁ」

苦しそうな祖母を抱き起こし、必死に声をかける。

「お祖母様！」

「あらあら。なぜ貴女に、このお茶に毒が入っているのが分かったのかは知らないけれど、解毒剤はこれだけよ」

ふふ、と笑いながら義母がこちらに見せつけてきた小さな小瓶を、ヴュートが一瞬で義母の手から奪い取る。

「ジア、これをマグノリア様に！」

急いで小瓶の蓋を開けるが……

「あはははは！　解毒剤はそれだけよ。〝私が飲んだ分〟だけ」

瓶の中は空っぽだった。

「……さぁ、どうするの？　フリージア」

迷っている暇などなかった。

身体が勝手に動く。

ふわりと空中に《癒やしの紋》を描いた。

本当は何かに描いたほうが魔力効率がいいけれど、そんなものを用意している間に祖母の命が消えるかもしれない。

「や、やめ……なさ、い。フリー……ジ」

胸を押さえながら弱々しく言う祖母の声。

私の時よりも明らかに苦しそうに見える。


描いた《紋》の淡い光がふわりと祖母を包む。

それと同時に身体の魔力が根こそぎ持っていかれるのが分かった。

どっと疲労が全身を襲い、今度は私の呼吸が乱れた。

「はっ……はぁ……っ」

「馬鹿なことを。なんのために……なぜ私に……」

苦しさの取れたはずの祖母の目が先ほどよりも苦痛に歪む。

「あははは！　癒やしの紋を描けるなんて。フリージア、本当に貴女が日輪の魔女だったのね！　こんなに近くにいただなんて」

『癒やしの紋は日輪の魔女しか描けない』

今日そんな会話を確かに聞いた。

けれど、なぜそれに義母が過剰反応するのかも、毒入りのお茶を私に飲ませようとしたのかも分からない。

「……本当に、日輪の魔女を狙っていたんだな」

私の横でそうヴュートが呟き、義母を睨みつける。

「何年も前から、ソルト家に入ってずっと探していたんだろう？　日輪の魔女を。……ウィンドブルの諜報員《ちょうほういん》！」

「っ……！」

「え？」

ヴュートの言葉に耳を疑う。

義母がウィンドブルのスパイ？

いつから？

初めから？

なんのために……？

――カルミアは……何？

「今日、公爵家に何者かが入った形跡があった。貴様だろう？　王家主催のキャンプで公爵家の人間の不在を狙ったのか……。探し物はこれか？」

そう言って、ヴュートが取り出したのは、カルミアの水色のリボン。

カルミアは私が会った時からずっと、あのリボンを着けていたはずだ。先日の神事でヴュートに新しいリボンをもらってからも、外で着けるのはあのリボンだった。

今日も着けていたのを見ている。

「なぜ、ヴュート殿がそれを……」

横で小さく祖母が呟く。

ヴュートはナイフでリボンの真ん中を切った。

その切り口は筒状になっていて、中から金糸で《紋》が縫い付けられた生地がひらりと落ちる。

黙ってそれを拾ったヴュートは、突き刺すような視線を義母に向けた。

「魅了の紋だろう？」

美しい顔を悔しそうに歪ませ、義母はヴュートを睨み返す。

「やはりお前が……なぜ……」

「すり替えたんだ。あの神事を見に行った時にね。……お前もそれに気付いたから来たんだろう？　カルミア嬢が僕にリボンをもらったことを侍女にでも聞いたかな？」

「……そうよ。まず夫の態度が変わったことでおかしいと気付いたわ。魅了の紋を着けていたのなら、そんなことはありえない」

「ターニャ……一体何を言って……っぐ」

信じられないと言う目で義母を見つめていた父が急に胸元を押さえた。

「お父様！」

「あら、お茶の毒がやっと効いてきたのね」

嬉しそうに言う義母にヴュートがナイフを投げると、彼女は後ろに飛んでそれを避け、窓際《まどぎわ》まで下がった。

「お父様！」

義母が離れたところで父に駆け寄る。

「いいわよ。最期のお別れをしなさいな」

その言葉は私にはもう《紋》を描く力などないということを見透かしているように聞こえた。

ふふ。と笑う義母は父を冷たく見下ろした後、その視線をヴュートに移し嬉しそうに微笑んだ。

「貴方はあとどれくらいかしら？　即効性の毒ではないとはいえ、口に入れてしばらく経《た》てば本来の力の十分の一も出すこともできないはずよ。……そこのお疲れの日輪の魔女様はもう一度、癒やしの紋を描けるかしら？」

真っ赤な唇で弧を描き、嬉しそうに目を細めるその笑顔に寒気を覚える。

義母の言う通り、今の私には《癒やしの紋》を描く魔力など残っていない。

今目の前で苦しんでいる父に、ヴュートが重なる。

……助けられる？

……助けられなかったら？

今度はヴュートが私を残して逝《い》くの？

毒を飲んでいないのに、身体が重くなり、胸が苦しくなる。

身体中を血が駆け巡り、心臓の音がやけに耳に響く。

「フリージア。貴女の婚約者が死んだらゆっくり貴女を殺してあげる」

そうふわりと笑った瞬間、義母の身体が後方に叩きつけられた。

「がっ……ぁ……」

「言葉の選択を誤ったな」

《暴風の紋》と《氷柱《ひょうちゅう》の紋》、そして《鎖縛《さばく》の紋》。三つの《紋》を同時に展開したヴュートに誰もが目を疑う。

高度魔法の空中展開など一つでもすごいのに、三つ同時に使える人物など国でも数えるほどだろう。彼が《聖剣》を手に入れた理由がよく分かる。

「お前を生かして捕らえたいのに、そんな言葉を聞くと力加減を誤るだろう？」

暗く、昏《くら》いその声と目に義母は完全に圧倒されている。

「馬鹿な……。あの毒を飲んでこんな力が出せるはず……」

「残念ながら、僕には効かない」

そう言って彼が胸ポケットから取り出したのは、私が幼い頃彼に渡したハンカチと、フィリグランだった。

《紋》と一緒に彼の名前を刻んである。

「加護の紋に、癒やしの紋。対象者も僕限定だ」

言いながらヴュートはそのハンカチとフィリグランにキスを落とした。

「ずっと、僕は守られていたんだな……」

「ッチ……」

チラリと窓を見た義母にヴュートが小さくため息をつく。

「逃げようなんて思うな。さっきも言ったが、手加減ができないかもしれな……あぁ、僕の出番はなさそうだな」

「？」

ふっと笑ったヴュートに、何を言っているのかと思った瞬間、ガシャン！　という音とともにレイラさんが窓から飛び込んできて、義母を背後から押さえつけ、馬乗りになった。

「何っ……」

「よかったな。僕じゃなくて」

レイラさんは素早く義母の両手を後ろ手に縛り上げた。

「ヴュート様、この女はどういたしますか？」

「聞きたいこともある。押さえていろ」

「はっ」

「アンリ！　コレット！」

外に控えていたであろう二人に声をかけると、スッと部屋に入ってきた。

「お呼びでしょうか？」

「ソルト公爵夫人が解毒剤を他に持っていないか確認しろ。このままだとソルト公爵が……」

「「はい！」」

父に視線を落とすと、今にも呼吸が止まりそうだ。

「ヴュート、もう一度紋を作ってみるから」

そう言って父の側で《癒やしの紋》を描く。

が、半分も描かないうちに魔力が切れ、空中で《紋》が消えた。

「っ……。もう一度」

「ジア……」

ヴュートの心配そうな声がする。

「はっ……はぁ。フ、フリージ……」

「ふふふ。助けるの？　フリージア。さんざん自分を邪険に扱ってきた父親を？」

押さえつけられながらも馬鹿にしたように義母は言う。

「私だったら絶対に助けないわ。自分をいいように利用した男なんて。その男は元気になったらまた貴女を国に売り飛ばそうとするわよ。なりたくないんでしょう？　日輪の魔女に」

「黙れ！」

レイラさんが上から頭を押さえつけるも、義母の悪意は止まらない。

「ぐっ……。いいじゃない！　そのまま死んでしまえば！　『貴方達のために私が何かをすることはない』そう言った舌の根も乾かないうちに助けるの？」

悪魔の囁きのような言葉が、頭と心を侵食する。

「フリー……ジア」

息を吸うのもままならず、苦痛に喘《あえ》ぐ父の歪んだ顔が私を見上げた。

先ほどまでの怒りが消えたわけじゃない。

利用されるつもりも、今後関わるつもりもない。

けれど、死を望んだわけではない。

許せないけれど、死んでほしいわけじゃない。

義母の言葉を無視して、もう一度《紋》を描く。

もう少し時間があれば魔力は回復する？

けれどその間に父の命が尽きるかもしれない。

あと半分で《紋》が完成するのに、魔力が足りないのが分かる。

呼吸が浅くなり、額に冷や汗がつたうのを感じる。

「ジア、やめるんだ」

《紋》を描いていた私の手をヴュートが握った。

「ヴュート……？」

「分かるだろう？　それ以上するとソルト公爵の前に君のほうが危ない。魔力の枯渇は命に関わる」

「離して！」

「ダメだ！……君を二度も失うものか。……君に恨まれてもいい。……お願いだ」

「……でも、ヴュート。どうしても……父を見捨てるなんてできない」

ヴュートが涙で滲んだその時――

「失礼。お邪魔いたします」

バン！　とドアが開いた先にはフィーさんが立っていた。

「これは使えるかしら？」

彼女の手の中には黄色いリボンが結ばれた籐《とう》カゴが握られている。

「母上！」

「シルフェン公爵夫人⁉」

ヴュートと祖母の声に思わず「え？」っとなる。

フィーさんはにっこりと笑顔でこちらに向かってくる。

「え？　え？」

「フリージア嬢、説明は後でするから。この紋は使えるかしら？」

そう言って彼女は、籐カゴに結ばれた黄色のリボンを私に渡してくる。

銀糸で刺繍されたそれは紛れもない《癒やしの紋》だ。

見覚えがあるようなそれの記憶を辿る時間などなく、受け取る。

「はい……。間違いなく癒やしの紋です。お借りしてもよろしいのですか？」

「もちろんよ。と言ってもヴュートが貴女からもらったものだけど。ヴュート、いいわよね？」

フィーさんの言葉にヴュートが頷く。

私があげたもの？

曖昧な記憶に混乱しながらも、父に向き直ると、祖母が手を差し出した。

「癒やしの紋、一度ぐらいなら今の私にもできるわ。……いいのね？」

それは、父を回復させていいのかと言う確認だろう。

小さく頷くと祖母はそれを受け取り、《紋》に魔力を通した。

淡い光が父の身体に吸い込まれ、呼吸が戻った。


「ターニャ……！　貴様……」

回復したと同時に義母に詰め寄りながら、手に《火炎の紋》を描き始める父をヴュートが羽交締めにして止める。

「ソルト公爵。やめて下さい。まだ彼女から聞きたいことが山ほどあるんです」

「ヴュート殿！　離して下さい！　私は殺されかけたのですぞ！」

「お気持ちは分かりますが、今はこちらにお任せ下さい」

「ふざけるな！　死にかけて黙っていられるか！」

叫ぶ父を冷ややかに見つめ、ヴュートはため息をついた。

「娘や母親の心配もせず、自分のことばかりですね……。証拠隠滅ととられてもいいのですか？」

「なっ……!?」

「アンリ、レイラ。ソルト公爵とそこの女を別々に閉じ込めておけ」

「「はっ」」

ヴュートのその言葉に父が真っ青になる。

「な！　なぜ私が閉じ込められなければいけないのです！」

「貴方には国家反逆罪の容疑がありますからね」

「ふ、ふざけるな！　私は殺されかけたんだぞ！　その女が間者だなど知らなかったんだ！」

「知らなかったでは済みませんよ。仮にも貴方はこの国の三大公爵家の一つ、ソルト公爵家の当主です。何年もの間、諜報員を夫人の座に置いていたのは紛れもなく貴方だ」

「黙れ！　公爵家の当主でもなければ、王国騎士団すら退団した貴様に指図される覚えはない！　私は帰る！」

義母はレイラさんに黙って連れて行かれたが、父はアンリさんに「放せ！」と叫んでいる。

「貴方には別の嫌疑もかかっています。……我がシルフェン家が卸したダイヤモンド原石と、安価なジルコンや水晶などを混ぜて宝飾品に加工・販売していますね。しかもそれらの宝飾品を税関を通さず、我が国と敵対しているユレア国に密輸。ユレア国はそれを本物と偽って国内に流通させ、そこで得た利益を軍備の強化に充てている。見返りが一体なんなのかは貴方の屋敷を調べればすぐに出て来るでしょうね。詐欺、脱税に留まらず敵国と通じてまで利益を得ようとは……」

ビクリと身体を震わせた父が顔面蒼白になる。

ウォーデン国は東のウィンドブル国、西のユレア国に挟まれており、ウィンドブルとは比較的良好な関係を築いているが、ユレアとは国境を境に常に緊張状態が続いている。

そのユレアの資金源となるような取引を国の公爵という地位を賜る父がしていたなんて……。

私とヴュートとの婚約を白紙にしなかったのもその取引のためが大きかったのかもしれない。

「な、何を根拠に……」

「ここ数年シルフェン産のダイヤモンドの取引価格が下落し始め、最近はさらに大きく下落している。市場価格は変わっていないのに……。調べないはずがないでしょう？　上手くいっていると思って取引量を増やしましたか？　そのため偽物の混在量も増加したんでしょう。証拠などすぐにご用意できますよ。国に与えた脅威や損害も信頼の失墜も大きい。軽い刑や罰金で済むなどと思われないように」

「本物か偽物かも分からん証拠を盾に、今ここで貴様に拘束されるいわれはない！　どうしても争いたいならソルト家に警邏《けいら》でも騎士でも連れてくるがいい……！」

その時、フィーさん……いや、シルフェン公爵夫人が父の前に立った。

「ご無沙汰しておりますわね。ソルト公爵」

「フィデリア王女……いや、シルフェン公爵夫人。なぜここに。領地で療養中では……」

「貴方を拘束するのに立場が必要なら私が。主人不在の今、この屋敷のすべての責任と権利は私にあります。我が公爵家に他国の間者を連れ込み、ましてや毒を盛るなど言語道断。さらには今、この屋敷にはオリヴィア王女もいらっしゃいます。王族の身を危険に晒《さら》すような事態を故意に引き起こしたと咎《とが》められても言い訳などできませんよ。我が家にいる間に王宮に確固たる証拠を提示しましょう。私の元王女としての立場を利用して迅速に対応するよう言付けも忘れずに、ね。言い訳は法廷で……で、よろしいかしら？」

公爵夫人は冷ややかな目のまま口元だけで微笑み、父を連れて行くよう指示した。

「お待ち下さい。フ、フリージア！　なんとかしろ」

父のお金への執着は知っていたが、ここまで見境がないとは思わなかった。

しかも、この期に及んで私になんとかしろとは。

「……命は助かったんです。犯した罪の責任は、ご自身で取るのが道理でしょう？」

ひょっとしたら、父はあのまま死んだほうが良かったのかもしれない。と一瞬でも思ってしまう。

犯罪者となり、自分を守っていた地位も身分もお金も失った時、彼はどうなるのだろうか。

けれど、私にできることはもう何もない。

「フリージア……！」

父の声は閉じられたドアの向こうに消えて行った。


「さて、話し合いの場が必要かしら？　それとも……」

「――カルミアのところに行ってきます」

「ジア!?」

「フリージア!?」

私の言葉にヴュートと祖母が大きく反応した。

「ジア、家宅捜査なら早急に騎士団を手配をするから」

「違うの、ヴュート。確かめたいことも、やらないといけないこともあるの。父がここに来る前にカルミアに何も説明せずにきたとは思えない。もしも、今後私の下で聖女としての仕事をするように言われていたなら……私とあの子の立場が逆転したとしたら……カルミアは自分の〝罪〟を隠すんじゃないかしら……」

「……つまり？」

「あの子が止めていた貴方と私のやりとりの証拠を隠すなり、処分するんじゃないかと思うの。それは……どうしても返してほしい」

届かなかった手紙も、贈り物も。

あの子の手の中にあることが……絶対に許せない。

「じゃあ、僕も一緒に……」

「ダメよ。貴方と一緒ではあの子は素を出したりしないわ。それに、私があの子と一対一で話したいの」

奪われっぱなしにはしない。


――全部、返してもらう。

24、カルミアの企《たくら》み

「なんでお姉様が日輪の魔女なのよ！」

自分の部屋にある買い替えたばかりの鏡台に、手近に置いてあった女神の置物を投げつける。

派手な音を立てて鏡が割れても、惨めな思いをさせられた感情は収まることなどない。


父が突然、王家主催のキャンプから帰ると言い出したので理由を聞くと『フリージアが日輪の魔女だった。今すぐシルフェン家から取り返す』と意味不明なことを言い出した。

さらに帰りの馬車の中で、私に「今後はフリージアの指示に従って、聖女の仕事をこなせ。フリージアは日輪の魔女なのだから、お前がフリージアを手伝え」とまで言ってきた。

なぜ私があの出来損ないの姉の下に付かなければならないのか、まったく理解できない。

ちょっと星見計算や神事ができる程度で、編入試験の順位だってたいしたことなかったのに。

家族にも見捨てられ、友人もほとんどいない陰気な姉なのに……。

「なんで私が〝下〟なのよ……」

その時ふと、開いたままのクローゼットの奥に置いてある箱が視界に入り、ざわざわと言葉にできない不安が這い上がる。

――半年前、初めて行った騎士団の慰問で初めて言葉を交わした。

「初めまして。ヴュート＝シルフェンと申します。お会いできて光栄です」

彫像のように綺麗に整った顔立ちで柔らかく微笑む彼に一瞬で恋に落ちた。

美しい見た目に、将来を嘱望された王国騎士団の副団長、さらには三大公爵家の筆頭の次期公爵。

姉の婚約者はたいしたことないと聞いていたので興味のかけらもなかったけれど、誰に怒っていいのか、話が違うと叫びたかった。


――欲しい。彼にふさわしいのは私だ。


そう思ったけれど、彼は私を好きにならなかった。

出会った男の子達は皆、すぐに私を好きになるのに、彼はただ姉の話を聞きたがった。

父にねだり、姉と婚約者を取り替えるようお願いしたけれど、シルフェン家がそれに応えることはなかった。

それならば……二人を仲違《なかたが》いさせて、その隙に私が……。

そう思って、姉がヴュート様宛に出す手紙も、ヴュート様から姉に届いた手紙も我が家の執事に言って止めさせた。

でももし……もしも、父の言う通り姉が《日輪の魔女》だったら、私のしたことが罪に問われる可能性があるんじゃないかしら……。

姉が《日輪の魔女》と分かったら、今まで私に従っていた使用人達も手のひらを返すのでは？

王国騎士団にいた私の信者達も、裏切るかもしれない……。

『姉が贈ったものは、本当は私に作らせたもので、ヴュート様を騙《だま》しているようで心苦しい。こっそり取り戻してほしい』と適当なことを言って回収させてきたプレゼント。

姉からヴュート様に宛てたものにはすべて《紋》が描かれていた。

なんの《紋》かは分からないけれど、もしあれが本物だったら、私は《日輪の魔女》の《紋》を盗んだことになる。

《日輪の魔女》の描いた《紋》はどこの国でも、どんな宝石よりも、王妃様の持つネックレスよりも、王冠よりも、大変な価値がある。

以前、どこかの国で《浄化の紋》が盗まれた時には、それに関わったすべての人間が粛清されたと聞いた。

《日輪の魔女》以外は作ることのできない唯一無二の《紋》。

私が隠していたのは〝ただの贈り物〟では済まないかもしれない。

恐る恐る隠してきた箱に近づき、クローゼットから取り出す。

開けた箱の中にはいくつかの手紙と贈り物の数々。

その中でも、姉からヴュート様へ贈られるはずだった手のひらサイズの箱を開けた。

サファイアが埋め込まれたシンプルな金のタイピンの裏に、ごく小さく何かの《紋》が刻まれている。

なんの紋様か分からないけれど、《日輪の魔女》が作ったものならば、《聖女》の私なら使える《紋》かもしれない。

そう思ってそっと魔力を流すと、バチンと弾《はじ》かれた。

「痛っ……………！」

部屋の絨毯の上に落ちて転がったタイピンを睨みつける。

「対象を固定してある……」

対象者以外を弾くということは……。

本物の《紋》だ。

脇に小さく古代文字で描かれているのは、おそらくヴュート様の名前だろう。

「ありえない……」

こんな小さな場所に、文字を刻むなんて考えられない。

石に文字を刻む授業はあったが、魔力で文字を刻むのは手で描くのとは異なり、繊細な魔力の操作が必要になる。授業で用意されていたのは王国金貨以上のサイズの石だった。

上級者用として私に出された課題ですら……配られた石はコインのサイズだった。

「本当に、お姉様がこれを刻んだの……？」

私の課題も、馬鹿にしていた？

こんなもの簡単だと、内心馬鹿にしていたのだろうか。

私がさんざん利用してきた姉は、《日輪の魔女》だと自覚して私を見下していたのだろうか。

震える手で他のプレゼントの箱を開け、中身を確かめる。

カフスも、ブローチも、ハンカチもどれを見ても必ず《紋》には対象者が固定してあった。

「ハッ……」

気分が悪いどころの話ではない。

神事でも見たことのない《紋》ばかり。

何を意味しているのかすら分からないけれど、姉は意思を持ってその《紋》を描いた。

技術も、知識も、能力も……ヴュート様の側にいる姉の姿も、見せつけられたすべてに気分が悪くなる。

「っこんなものっ……！」

箱ごとにそれらを床に叩きつけると、ふとヴュート様から姉への贈り物の缶が目に留まった。

「お茶……」

遠征先で有名なお茶を姉宛に送ったものだろう。

「――……そうよ、アレがあったじゃない」

急いで母の部屋に行き、鏡台の一番下の引き出しを開ける。

中に入っていた小物をすべて取り出し、底板を外して二重底の下から小さな包みを取り出した。

「減ってる……のかな？」

いつの間にか母も使ったのだろうか。

取り出した麻袋の中には茶葉が入っていた。

嗅ぐと香りは飛んでおらず、真新しいものだと分かる。

幼い頃、母が『欲しいものを手に入れるためのお茶』と教えてくれたもので、常に切らさないように入れ替えているのかもしれない。

今なら分かる。

これは毒だ。

なんで母がこんなものを持っているかなんて深くは考えたりしない。

父は、姉を連れて帰ると言った。

チャンスはいくらでもありそうだ。

「そういえば、東の端の国で聖女か使徒が亡くなった時、その兄弟にその力が移ったって聞いたことがあるわね……。日輪の魔女はどうかしら……」

自室に戻りながら、ふとそんなことが頭をよぎる。

なんとなしに思い出したそれに、ワクワクしてきて思わず笑みが溢れた。

そうよ、姉に従う必要なんてないじゃない。

私が《日輪の魔女》になればいいのよ。

そうすれば何もかも上手くいく。

父も母も喜んでくれるだろう。

きっとすべてが元通りになるはずだ。


「カルミアお嬢様」

自室に着く前に、後ろから声をかけられた。

振り向くと、そこには気まずそうに立っている執事がいた。

「なぁに？」

「それが、今フリージアお嬢様がいらしてまして……。旦那様は、二度とフリージア様を屋敷に入れるなと仰っていたのですが、旦那様のことでカルミア様にお話があるとのことで。どういたしましょうか？」

飛んで火にいる夏の虫。

思わず茶葉を持っていた右手に力が籠もった。

「あら、お父様はお姉様を迎えにいくと言ってらしたし、何より……ここはお姉様のお家でもあるじゃない。もちろんご案内して差し上げて」

父に言われて戻ってきたのだろうか。

私に自分のほうが立場が上だとでも言いにきたのだろうか。

苛立ちと、今から手に入るかもしれない《日輪の魔女》の力に期待がない混ぜになり、言葉にできない何かが身体の奥から湧いてくるのを感じていた。

25、祖母の選択

「ヴュート殿。なぜあの女がウィンドブルの間者だとお気付きに？」

ソルト邸に向かう馬車の中で祖母がヴュートに聞いた。

馬車の中には、オリヴィアとマクレン、祖母にヴュートと私が乗っている。

ドアの外で事の顛末《てんまつ》を聞いていた二人も、心配だからソルト家についていくと言って聞かなかったのだ。

「実は、僕とジアは二年後の未来から回帰して人生をやり直しているんです」

ヴュートの言葉に祖母は目を見開く。

そうして、事の顛末をマクレンとオリヴィアに話したように説明をした。

けれど、今回はそれだけで終わらなかった。

「ジアが亡くなって、回帰前に貴女に聞いたんです。ソルト公爵夫人が日輪の魔女を捜し出して殺すために、ソルト公爵家に潜り込んできたことを」

そう言いながら、横に座っていたヴュートが私を抱き寄せる。

「ちょっ……！　ヴュート!?」

いきなり何をするのかと慌てたものの、壊れ物を抱きしめるかのような、震える腕が私の言葉を奪う。

「……フリージアが死んで、誰もがカルミア嬢の説明した通り、心中だと疑わない中、貴女だけは殺されたのではないかと疑問を持っていた。けれど、公爵夫人が殺したとしてもその後の動きがなさすぎて証拠を掴むことも、真実を探すことも、何もできなかったと言っておられました……」

「人生をやり直すなんて……そんな信じがたい出来事が……」

「マグノリア様が信じられないのはごもっともです。僕だって最初何が起きたのか分かりませんでした。でも、カルミア嬢のリボンのことも……フリージアが幼い頃……四歳の時には日輪の魔女と分かっていたのに、なぜ公表しなかったのか……その理由も未来で伺いました」

その言葉に祖母がハッとした。

「知っているの？」

「はい。フリージアがいなくなって、もう黙っている必要もないと仰ってました」

祖母は、私が四歳の頃から知っていた？

カルミアがソルト家に来る何年も前から？

「それに、カルミア嬢が貴女の孫でないことも」

「……え？」

ヴュートの衝撃的な告白に、一瞬思考が停止する。

「……そうよ。カルミアは貴女の妹ではないわ」

「お祖母様⁉　そんな……嘘《うそ》よ。だって……」

比べるまでもなく私なんかよりもあの子を優先していたし、義母が間者と分かっていても、カルミアが孫だから可愛がっていたのかと思ったけれど……。

「息子が再婚するという相手を調べないわけがないでしょう？　ましてや子供までいると言ってるのよ。人をやって調べたけれど、特筆すべき点が何も見つからない。不自然なほどにね……」

祖母は視線を窓の外にやるも、その目には景色など映っていないようで、どこかぼんやりと一点を見つめていた。

「息子の話によると、ターニャは妊娠したことに気付いたものの、すでに家族のいる息子に迷惑をかけたくなくて黙って数か月姿を消したそうよ。そしてこっそり娘を産んだものの……息子が忘れられず娘と戻ってきたと……。まるで悲劇のヒロインのようだけれど、あの息子が選んだ女性に何もないなんて思えなかった」

祖母は視線を落とし、スカートの上で拳をぎゅっと握りしめた。

「そこで、私が自ら調べることにしたの。隠伏《いんぷく》の紋を使ってね」

「隠伏の紋？」

オリヴィアが首を傾《かし》げると、祖母が小さく頷いた。

「ええ、要は姿を隠す魔法よ。フリージアが小さな頃に練習時に作ったものだけれどね。作りの荒い紋と言えど、上手く魔力を通せば短時間なら使えたわ」

確かに、幼い頃から祖母はいろんな《紋》を教えてくれていた。

そしてそれらの《紋》は、すべてが祖母の管理下に置かれていたと思う。

幼い私は、『誤って使ってしまわないように、おばあちゃまが持っておきましょうね』と言われていたのだ。

「それで、息子が彼女に与えたアパートメントの様子をしばらく見ていると、パルソア商会の人間が訪ねてきて……違和感を抱いたの」

「パルソア商会といったら、貴族御用達《ごようたし》の商会ですわね」

オリヴィアの言葉に祖母が小さく頷く。

「公爵と結婚するのであれば、高級商会の外商がアパートメントに来てもおかしくないのでは……。パルソア商会はお祖母様も利用なさってましたよね」

「ええ、そうよ。けれどそのパルソア商会の男は、私が見たことのない人間だった。次期公爵夫人の元を訪れる商会の人間が、私の知らない人だなんてことがあるかしら。ソルト公爵家の担当は代々支配人で、支配人が来られない時は副支配人。当然使いの者まできちんと紹介されているのよ」

「確かに、高位貴族の担当は責任や立場やある人間がするのが当然ですものね」

「そうです、殿下。なので私はそのまま隠伏の紋を使って屋敷に潜り込み、彼らの話を聞いていました。そこで、商人と名乗った男が実はウィンドブルからの使いであること、カルミアが本当の娘でないこと、そして……ターニャ達の目的が日輪の魔女の殺害であることを知ったのです」

「「!!」」

「息子はおそらく魅了の紋を使ったターニャの術に落ちて、カルミアが自分の娘でないことを疑うよりも、娘であることを望んだのだと思うわ。多少の説明の矛盾があってもどうでもいいほどにね」

スカートの上の祖母の拳が震えている。

「彼らの目的は『聖女の家に潜り込み、日輪の魔女の情報を手に入れること』。息子に愛情などかけらもなかったことでしょうね」

ふっと鼻で笑う祖母の瞳は、苦悶の色に満ちていた。

「お祖母様は、どうして私を日輪の魔女だと……？」

「……貴女が生まれる少し前、私はある仕事で魔力を使いすぎて聖女の能力の大半を失ったわ。それでも、少しでも聖女の能力が使えて次代の聖女がいない以上、どうしても必要な時には私が聖女の役目を担《にな》うしかなかった。そんな中で陛下が病を患《わずら》われて、治療のために王宮に呼ばれたの。その時に四歳の貴女をオリヴィア王女の遊び相手として王宮に連れて行ったのだけど、覚えているかしら？」

「はい……」

今でも鮮明に覚えている。

同じ年頃の王女がいると連れられて行った王宮にいたのは、下町で串肉を取られたと泣いている少女だったのだから。

それがきっかけでオリヴィアと仲良くなったのだ。

「その時、今はもう使えない王宮の治癒の紋を使ったら、私のあの時の能力では完治するはずのない病気が完治したのよ。王家は喜びで気付かなかったけれど……私には分かった。私だけの力ではなかったことが。それぐらい歴然とした差だった。だから帰って確認したの。貴女が側にいる時といない時の能力の差を」

「……でも、聖女の適性検査では私にその能力はないと……。日輪の魔女であれば反応が出ないわけないですよね？」

「カルミアの適性検査は私が息子に勧めたのよ。他の人には分からなくても、聖女の私はあの子が魅了の紋を使用していることを感じていたから、カルミアに聖女の反応が出ることは分かっていた。貴女の力であんなに高反応を示すなんて思いもよらなかったけどね」

祖母は、ふっと右の口角だけ上げて自嘲気味に言った。

「あの日、祖母としてではなく、現聖女としてすぐ側でカルミアの適性検査に立ち会って、聖女認定が出た瞬間、歓喜に震えるふりをして水晶を割ったのよ。そして代わりの水晶と言って事前に用意していた偽物の水晶でフリージアの適性検査をしたの。あの間者に貴女は標的でないと誤認させるためにね」

なぜ、そんなリスクを負う必要があったのか。

祖母の行動がまったく理解できない。

「私を日輪の魔女として神殿に連れて行けば済んだ問題ではないのですか？」

「そんなことをしても、神殿で認定される前に殺されてしまうわ。私も彼女の監視対象だったから、怪しい行動は取れなかったの」

「……そもそもお祖母様は、なぜ私が日輪の魔女だと分かった時点で神殿に報告しなかったのですか？」

莫大な補助金が得られたはずだ。

カルミアを、さすが元《聖女》の孫と褒め称《たた》える人の声はたくさん聞いた。

きっと私が《日輪の魔女》だと知られれば富も名声も、ソルト家にとって……。

「誰が貴女にあの旅行記をあげたと思っているの？」

「え？」

突然の質問に一瞬なんのことか分からず戸惑う。

「『ガイゼル旅行記』を貴女に贈ったのは誰だと思っているの？　貴女は小さな頃から王子様とお姫様の出てくるおとぎ話ではなく、あの本を読んでといつもせがんできたわ」

確かにあの本は幼い頃、祖母が私にプレゼントしてくれたものだ。

「あの本は……貴女と同じく、私にとっても夢の世界だったの。私が聖女として認定されてから奪われ、憧れた世界を貴女に見せたかったの。貴女は夢中になって本の中の情景に目を輝かせ、『いつか世界中を旅したい』と。だから私もそう願ってしまった。その時は冒険譚《ぼうけんたん》を聞かせてねと……」

「お祖母様……」

「だって……貴女が日輪の魔女だなんて夢にも思わなかった」

ぽたり、ぽたりと祖母の目から雫《しずく》が落ち、ドレスを濡らす。

「貴女が生まれた時……息子は見向きもしなかった。そんな貴女が可愛くて、不憫《ふびん》で愛しくて……。この子を父親の分まで愛そうと思った」

祖母の声がだんだんと昏くなっていく。

「貴女が日輪の魔女だと気付いた時、息子に話すべきか迷った。私では与えられない父親の愛が、フリージアに向くのではないかと。けれど、話してしまえば貴女が『世界中を旅したい』と言った言葉は二度と叶えられない。日輪の魔女には聖女以上に自由なんてないから。……迷った挙句、息子には話さなかった。いつかフリージアが望めば、自由と引き換えにあの子の『愛』はいつでも手に入る。だから……貴女が選べるようになるまで隠すことにしたの。まさか家にウィンドブルの間者がやってきて必死になって隠す羽目になるなんて思いもしなかったけれど……。貴女の命を危険に晒すぐらいなら、初めから話せばよかったと後悔したことも何度もある。でも、命も自由も守ってあげられるなら……その未来に賭けたかった」

「ジアに厳しく当たったのは、魅了の紋に影響を受けていると見せかけるためだそうだ。カルミア嬢を可愛がり君に厳しくする。君が孤立すればターニャとカルミアは安心する。自分達の居場所を奪われることなく、優越感に浸れるからね。そして何より君を側で守れる。だから君の側には常にお祖母様がいらしただろう？」

ヴュートの言葉に記憶が繋《つな》がる。

そういえば、義母やカルミアがいる時は勉強をほとんど付きっきりでさせられていた。

彼女達が出かける時には、祖母も私を置いて彼女達と出かけた。

私と義母との接触を最小限にするため……？

私を……守るために……？

「……お祖母様はなぜ魅了の紋の影響を受けなかったのですか？」

「貴女が幼い頃練習で作った加護の紋を常に持っていたからね。シルフェン家に来てからは油断して机の引き出しにしまっていたせいで死にかけたけれど……。貴女に徹底的に勉強をさせたのは、私の焦《あせ》りからもあるわ。いつか自分の価値に気付いた時、貴女が道を選べるように……。日輪の魔女という立場を選ばなくても、あれだけ魔法の紋が使えたらどこでも生きていけるはずよ。知識も、技術も、すべてを貴女に叩き込んだわ。そして待ったの。貴女がソルト家を出てシルフェン家に行く日をね」

「……アカデミーに入れなかったのは……」

無駄な出費だと言って入れてもらえなかったアカデミー。

死に戻ったあの日も、勇気を出してアカデミーの話をしても反対された。

「私の目の届かないところで、日輪の魔女と知られるのが怖かったの。でも、シルフェン家に行けば貴女は守られる」

「なぜ、シルフェン家だったのですか……？」

婚約することが前提なのか、シルフェン家であることが重要なのか。

「……婚約式の前、ヴュート殿に『ソルト家には聖女もおりますが』と聞きにいったのよ。その時彼は『他の誰でもなく、フリージアがいい』と言ったの。ヴュート殿が貴女に想いを寄せていることは一目見れば分かった。ソルト家よりも実質格上のシルフェン家なら……彼なら守ってくれると思ったのよ。それまで貴女を守り切れば、彼らは手出しできなくなる」

ソルト家の保護がなくてもやっていけるように、家を出れば安全でいられるように。

国中から讃《たた》えられ崇められる代わりに、一生塔の中で、国益のための人生を選ぶか。

ただ自由にのびのびと、羽ばたくための道を選ぶのか。

「私が勝手に決めてしまったのよ。貴女が日輪の魔女と分かれば、息子は貴女を愛したかもしれない……。貴女の望むものが手に入ったかも……」

祖母の言葉に、先ほどの父の言葉が蘇る。

『日輪の魔女として認定されればいくらでも褒めてやる』

『日輪の魔女ということ以外、お前になんの価値があるんだ』

祖母の言う通り、幼い頃に《日輪の魔女》だと公表すれば父の愛はすべて私に注がれると言われたら、そうしたかもしれない。

愛とも呼べないそれは、ただ吐き気がするだけのものだ。

けれど、今は違う。

「そ……そんなのいらない。私は私自身を愛してほしかった。日輪の魔女だから愛してほしいんじゃない……。お祖母様は私をずっと……守って……くれていたのね」

ずっと厳しく、理不尽だと思っていた日々は私の命を繋ぐための祖母の苦肉の策だった。

幼い頃はいつも笑顔で愛してくれた祖母が、ずっとどんな思いでいたのかなんて想像できない。

いつ私が些細《ささい》なことで《日輪の魔女》と知られ、殺されてしまうか分からない状況で。

もし、逆の立場だったなら、夜も安心して眠れない。

思わず祖母のほうに手を伸ばすと、祖母はつらそうに首を横に振った。

「違うわ、フリージア。守れてなんていないわ。だって、貴女の心を守れなかった。幼い貴女が突然失った私という存在が、どれだけ貴女に傷を残したのか、考えたくもないわ。こんな方法しか選べなかった私を……理解なんてしなくていい。許してほしいなんて望まない。ただ……この先の人生で、貴女には笑顔で過ごしてほしい」

「お祖母様……」

祖母の思いを推し量ろうなんて傲慢な考えだ。

孫娘の命を守ろうとして……でもそれは決して望んだ形ではなかった。

祖母は私から笑顔がなくなっていく様を目《ま》の当たりにしても、私が父や義母、カルミアから罵倒され、それに加担した形になっても何もできなかった。

目の前で、そんな日々が何年も続くなんて祖母だってどれだけ深い傷を心に負っただろうか。

祖母の私への想いが痛いほど伝わり、その小さな肩を抱きしめる。

しばらくそうしていると不意に、何かに気付いたように祖母が顔を上げた。

「オリヴィア殿下は……ご存知だったんですよね？　フリージアが日輪の魔女だと……」

「え？」

思いもよらない祖母の言葉に目を見開く。

「オリヴィア殿下は、フリージアをアカデミーには入れたがらない私にこう囁かれたの。『フリージアが日輪の魔女とバレないよう私がアカデミーで上手く立ち回りますので』と」

オリヴィアは知っていた？

いつから？

「いつから知っていたのかって顔してるわね。……貴女と初めて会った時、取られた串肉を追っかけて怪我をした時、小さな癒やしの紋で治してくれたのを覚えていない？」

懐かしむように呟く彼女の声に、当時の光景が脳裏に浮かぶ。

——膝を深く切って、目に涙を浮かべていた赤髪の女の子。

「痛いの？」

そう尋ねると、女の子は、男の子に大事なものを持っていかれたと怒りながら泣いていた。

「お祖母様は人前で魔法を使ったらダメって言ってたけど……怪我をしてるならしょうがないよね。治るといいんだけど、まだあんまり上手く使えないんだよね」

そう言って、『内緒にしてね』と、《癒やしの紋》を作ったのを覚えている。

「完全に傷は塞がらなかったけど、痛みも引いて少しの擦り傷しか残らなかった。その時は、貴女がソルト家の令嬢だなんて知らなかったから、父や母に話しても信じてもらえないと思ったわ。実際、帰ってすぐ侍女に話したけれど、擦り傷を見て、『怪我の手当てをしてもらっただけでしょう？』と笑って信じてもらえなかったもの」

ふふ、と笑いオリヴィアが言った。

だったらなぜ——。

「日輪の魔女の存在を陛下に言えば……貴女の王室での立場も、変わったかもしれないのに……」

「私に友達を売れというの？」

「それでも、未来で貴女が病気に倒れた時、私に癒やしの紋を描かせることだって……」

知っていたなら！

助けることができたのに！

「未来の私の気持ちがどうだったかなんて知らないけれど、病で倒れていく民がいる中で、自分だけ貴女に助けを乞えというの？」

馬鹿にしないでと呟いた彼女は、目に涙を溜めている。

「私だって、マグノリア様のように貴女の自由を望んだのよ。本当は、お父様に言おうかと、幼い頃何度も思ったわ。でも、貴女が王宮に来てくれて、下町で一緒に駆け回って！　たくさんおしゃべりをして、夢を聞いて……。何より、誰より私を大事にしてくれる貴女が、誇ってくれる王女になりたかったのよ」

そこまで言うと、じろりとヴュートを睨みつけた。

「なのにこの男が！　守ると言うから貴女を任せたのに、みすみす殺させていただなんて！」

今にも掴みかからんばかりの剣幕で言うオリヴィアに、眉尻を下げたヴュートは「……返す言葉もないよ」と、小さく呟いた。

ヴュートをじっと見つめて小さくため息をついたオリヴィアは、「ところで」と、切り出す。

「マクレン。貴方、その〝間者〟について、何か思い当たることがあるんじゃないの？　さっきから黙って聞いているだけだけど」

「つまり？」

言いたいことが分かっているのか、飄々《ひょうひょう》とマクレンが聞き返す。

「ウィンドブルの第二王子なんだから、何か知っているんじゃないの？　まさか、貴方がスパイを送り込んだなんて言わないわよね？」

「え⁉　貴方が、ウィンドブルの……？」

オリヴィアの言葉に祖母が驚きの声を上げると同時に警戒の目を向けた。

「うーん……。知ってるって言ったら、俺そこの元副騎士団長に刺されないかな」

「なんだと……？」

私を抱きしめた右腕に力が籠もる。

「ヴュート……、苦しい……」

「あ、ご……ごめん！」

パッと腕を緩めるも、その腕が解けることはない。

「説明してもらおうか？」

私に対する声とは明らかに異なる、ヴュートの低く怒りを含んだ声がマクレンに向けられた。

「そうよ、マクレン。貴方には説明する義務があると思うわ。王族である以上、疑われるのは避けられないわよ。もし彼女が貴方の手先なら……絶対に許さないわ」

オリヴィアのその言葉に、マクレンが降参したように軽く両手を挙げた。

「分かったよ。……確かに僕はあのソルト公爵夫人、ウィンドブルの間者を知ってる。なぜなら彼女は我が国のレダ伯爵家の令嬢だからね。正妻の娘ではなく、妾《めかけ》の娘だけれど。だからこそ社交界に出ることもなく、嫡子《ちゃくし》を支えるための間者として教育されたんだろうけど……」

「「え⁉」」

「レダ伯爵家というのは、我が国の武器産業を支える伯爵家で、代々裏稼業についても公然のものと誰もが認知している家系だ。……そして、第二王子派の筆頭だよ」

「貴方を支持する……伯爵家？」

マクレンの言葉をオリヴィアが繰り返す。

「そう。兄上ではなく、俺の支持者。レダ伯爵家は、前王妃である母上の実家で、俺とは親戚関係にある。彼らは俺を王位に就かせたいんだよ」

「でも、彼女が社交界デビューしていないなら、なぜ貴方が知ってるのよ」

「王になるために、いつでも駒として使ってくれって、レダ伯爵に紹介されたからさ」

ふふふ、と笑うマクレンの目はどこか遠くを見ている。

「もう十年近く前の話だと思うけど……シャルティ嬢の前の聖女がさ、ウォーデン国の王家のピクニックに参加した時に、浄化魔法を披露した時に魔力の増加を感じて、ひょっとしたら日輪の魔女がいるのかもしれないと言っていたんだ。けれど一年経っても二年経ってもそんなニュースが発表されることはなく、ウォーデン国は静かなまま。意図的に隠しているのか、それとも存在自体を知らないのか。そこで間者が送り込まれたわけだけど……」

「それと、日輪の魔女の暗殺がどう関係あるんだ」

突き刺すような視線をマクレンに向けたヴュートが言った。

「戦争がしたいんだよ、母の実家は。軍需産業を生業《なりわい》とする彼らは、戦争をして金を稼ぎたいんだ」

「戦争?」

「日輪の魔女が百年近く現れていない今、世界にある紋は破損や劣化で能力を発揮しきれない。彼らは今こそウォーデン国に攻め入る好機だと、気の弱い父を丸め込んだ。と、思ったところに聖女様の爆弾発言だ。日輪の魔女がいては攻め入ったところで勝算は皆無。まずは真偽を探り、もしもウォーデン国側に日輪の魔女の存在が知られていなければ、神殿に囲われる前に殺せという命令だったんじゃないかな」

全身からざわりと寒気がした。

まさか自分の家の中に、そんな意図を持つ間者がいたとは。今生きているのが不思議な話だ。

「ソルト公爵夫人はお前がアカデミーにいることは知っていたんだろう？　お前の仲間じゃないか」

「いいや、知らないはずだ。そもそも俺は俺の派閥から隠れるために国を出たし、戻るつもりもない」

「自分の派閥から？」

「第一王子と第二王子の派閥争いが激化して兄が毒によって暗殺されかけた。その時、当然俺の指示だと疑いの目が向けられ、王族を幽閉するための塔に軟禁されたんだ。でも、そこから出してくれたのは兄上だった」

「……どういうこと？」

訝《いぶか》しげに問うオリヴィア同様、誰もがわけが分からないという顔をしていた。

「兄上が俺を逃したんだよ。軟禁された俺が第一王子派に毒殺される前に。毒で弱った身体で、俺を助けてくれたんだ！　俺達は争いなんか望んでない。でも勝手に派閥が争いを始める。自分の命を守りながら兄上を即位させるためには、国外に逃げるしかなかった。そしてウォーデンに行くのであれば、と兄上がウォーデンに送り込まれたレダ家の間者の話を教えてくれた。だけどそれはむしろ俺の存在を知られないように、という意図で、当然連絡を取るつもりなどなく、どこにいるか特定もできなかった。それがまさかソルト公爵家にいるなんてね……」

苦々しげに語るマクレンに誰も声をかけることができない。

「俺が行方をくらませたことに慌てた第二王子派は俺の捜索も間者に指示していたと思う。だから、未来で起きた何も知らないカルミア嬢による俺の殺害は、ソルト公爵夫人にとっては予想外の出来事だったはずだ。フリージアが日輪の魔女だと知っていたのかは知らないが、俺も一緒に殺されたなんて……。その後まともに動けるはずがないんだよ。俺が死んだことを国に隠すのに必死なはずだからな。自分が殺害に関与していたと知られれば公爵夫人はもうレダ伯爵家にも……祖国にも戻ることすらできなかっただろうよ」

ハッと笑うマクレンはザマァみろという顔をしていた。

「カルミアは、本当に何も知らなかったのかしら……」

「知らないだろうな。物心つく前に連れ去られて、そのまま母親だと信じたんだろうしな」

「本当に妹ではないのかしら？」

義母がカルミアを大事にしていたのは、すべてが演技だったのだろうか。

「間者として動いているあの女が、妊娠するリスクを負うとは思えない。何よりウィンドブルで一人、聖女の反応が出た平民の子供が姿を消している。カルミア嬢と同じ金髪に、水色の瞳の少女がね」

「それがカルミア？」

「そう、兄上が調べたところによると、レダ伯爵は平民の子供達の聖女適性を勝手に調べていたそうなんだ。幼い頃聖女の反応を示す子供が一定数いるのは知っているだろう？　けれど、その能力のほとんどが八歳になるまでに弱まってしまうことが多いから、大抵の国では聖女の適性検査をするのは八歳になった頃だ。平民であるカルミアは幼い頃に聖女の力が使えたとしても、大きくなるにつれその力は弱まり、聖女になる可能性は低い。レダ伯爵家はそこに目をつけて少女を攫《さら》い、王家から盗んだ魅了の紋を渡して、ウォーデンの神殿に近づくための道具にしたんだ」

マクレンの言葉にオリヴィアがなるほどねと呟く。

「カルミア嬢を使って、元聖女であるマグノリア様に近づいて情報を求めたわけね……」

「でも、カルミアがこちらに来て聖女認定されていたなら、ウィンドブルとしてはカルミアを自国の聖女にしたほうがよかったんじゃない？」

「いや、カルミアの認定前にすでにシャルティ嬢が聖女認定を受けていたからカルミアをウィンドブルに戻したりはしないだろう。レダ家が自分達のためだけに連れ去った少女を今さらなんて言って戻すんだ？　リスクのほうが高いよ。それに、カルミアが聖女認定されたことでソルトや伯爵夫人も家での立場も国内でも立場も確立できて、より神殿の内部情報に近づけたわけだからね」

「けれど、どうやらカルミア嬢の力は聖女として認定されはするものの、使い物にはならないレベルだったわけか」

ヴュートはおそらく以前見たカルミアの神事のことを言っているのだろう。

紋様が淡く光ったけれど、《女神の祝福》は為されなかったと。

父も言っていたように、それでは《聖女》として神事を行なったことにはならない。

「なるほどね。それで常にカルミア嬢が聖女として動く時はフリージアが側にいて力が発揮できるようにしていたんですね」

「ええ……そうよ。だからこそカルミアの魅了の紋の力も……最大限発揮されていたと言えるわね」

祖母がそう言った時、ガタンと馬車が止まった。

「ソルト家に……着いたよ」

立ち上がらなければ、と思うものの、私の足は動かなかった。

「フリージア」

呼びかける祖母の声は、優しさと心配が滲んでいる。

「カルミアのところに行くのなら、ヴュート殿の癒やしの紋を持っていきなさい」

ヴュートがポケットから《癒やしの紋》が刺繍された黄色のリボンを取り出し、私に渡す。

「これは、私がヴュートにあげたものだってシルフェン公爵夫人が仰っていたけれど……」

確かに見覚えがある気がする。

「カルミア嬢達がソルト家に来る前日の王家のピクニックで、君からもらったものだよ」

「私が？　ごめんなさい。あの日のピクニックのことはほとんど覚えていなくて……」

屋敷に来たばかりのカルミアを引っ張り回して、調子に乗った挙句階段から落ち、記憶をなくしたなんて、こんな状況で話すのはとても恥ずかしい。

「……フリージア。貴女が階段から落ちたのは……カルミアに突き落とされたからよ」

「「「……え？」」」

その祖母の言葉に、全員が驚きの声を上げる。

「マグノリア様、当時カルミア嬢は八歳ですよね……？」

オリヴィアは驚きの声を上げ、マクレンも「間者教育を……？　いや、しかし……」とブツブツと言っている。

「そうよ。ソルト家に来た日にカルミアがフリージアを突き落としたのよ。『こんなのお姫様じゃない』ってね」

「「「は？」」」

理解不能の言葉に、全員の頭の中に疑問符が浮かぶ。

「フリージアがカルミアを連れてソルト家を案内しながら走り回っていたのは事実よ。それはそれは嬉しそうにね。……ひょっとしたら、偽物でも、姉妹として仲良くなれるのかもしれないと淡い期待を抱いたわ」

微笑ましい光景に思えるが、なぜそんな事態に繋がるのか。

「けれど、カルミアにとってそれは嬉しくなかったのね。あの子は玄関前の大きな階段の一番上のところから貴女を突き落としたのよ」

「嬉しくないからって突き落とすなんて……そんなことをする子供が……」

「いるのよ。落ちていったフリージアをこっそりと癒やしの紋で治療しながら、カルミアに『なぜ』と聞いたわ」

そう話す祖母の目には恐怖の色が浮かんでいる。

「そうしたらカルミアが言ったわ。『だって、お母様がソルト家に行けばお姫様みたいな暮らしができるのよって言ったのよ。でも、こんな子全然お姫様みたいじゃないもの。お姉様だなんて認めない。それに、お母様はこうも言ってたわ。お金持ちになるから、いらないものは全部捨てていいって。いつだって私の思い通りにしていいのよって。だから……捨てただけよ』」

誰もが言葉を継げなくなった。

「……恐怖でしかなかったわ。魅了の紋をつけたあの子の思い通りにならないものはない、と言いたかったのかもしれないけれど、カルミアの目は尋常ではなかった。他人と言えど、幼いカルミアを見捨てたことは悪いけれど、私の手には負えないと思った」

そう言って祖母はこちらに向き直る。

「カルミアは本当に何をするか分からない。だから……どうしても貴女がカルミアと話したいというのなら、常に自分を守る手段を持っていなさい。……本当は行ってほしくないけれど……ね」

祖母の言葉に、ヴュートもぎゅっと手を握り、苦しそうに瞳を揺らす。

「やっぱり僕も一緒に行ったらダメかな……。君一人では……」

「そうよ、なんなら私も一緒に行くわ」

祖母の隣に座っていたオリヴィアも私の手をぎゅっと握った。

その温かな手と、私を心配してくれる瞳に勇気づけられる。

「……ありがとう。でも一人で行くわ。貴方達がいては、あの子はいい子のふりをしてすべてを隠してしまうから。一対一で向き合いたいの。心配しないで、絶対無事に帰ってくるから」

そう言って一人馬車を降り、私はソルト家の玄関に向かった。

＊　＊　＊

「お待たせしてごめんなさい。お姉様」

いつもの水色のリボンではなく、あの神事の日にヴュートから贈られたリボンを着けたカルミアが、上機嫌で応接室に入ってきた。

執事に、私の部屋はとっくに片付けてあるので応接室で待つようにと言われたのだ。

ほんの数か月ここを離れていただけなのに、他人の家に来たような気分になる。

「カルミア、お父様のことで話があって来たんだけど……」

「あぁ、お姉様が日輪の魔女だったっていう話かしら？　本当なの？　本当だったら自慢のお姉様だわ！」

ニコニコと嬉しそうに話すカルミアの、今までにない私への態度に動揺してしまう。

「それに関しては、まだ確認はしていないけれど……浄化の紋や加護の紋が作れるから、おそらくはそうだと思うわ。でも話したいのはそのことではなくて……」

「まぁ！　本当なのね！　早く話してくれたらよかったのに！　今後はお姉様と一緒に神事ができるのかしら」

こちらの話を聞く気のないカルミアは、声を弾ませながらも、目が笑っていないことに自分で気付いているのだろうか？

「カルミア、お父様にも今後神殿に入って日輪の魔女として生きるよう言われたけれど、私にはその気はないわ」

「……え？　なんで……。だって、日輪の魔女になれば、国からだけじゃない、世界中から羨《せん》望《ぼう》と憧れの的になれるのよ？　聖女なんて比じゃないわ。誰もがお姉様に頭を下げて、豪華な贈り物が世界中から届くわ。優雅で楽しい毎日が待っているのよ！」

「そんなこと……望んでないからよ」

この子は、《日輪の魔女》を自分を飾るためのアクセサリーか何かだと思っているのだろうか。

「……！　だったら！」

「そんなことよりも、貴女に返してもらいたいものがあるの。持っているんでしょう？　私からヴュートに宛てたものも、ヴュートから私に宛てたものも」

「何を仰っているの？　それらはすべてシルフェン家に持って行かれたのではなくて？」

カルミアは顔を引き攣らせたものの、笑顔は崩さなかった。

あくまでシラを切るつもりだろうか。私一人なら素を出すと思ったのが甘かったのか……。

「ヴュートから聞いたのよ。彼が私宛に贈ったものの話も、私の贈り物が届いていないという話もね。……魔力増加の紋や、体力強化の紋、聖域結界の紋も受け取っていないそうよ。心当たりがあるんじゃない？」

「……そんな紋も作れるのね……」

「え？」

「なんでもないわ、でも本当に私は知らないの。お姉様の勘違いじゃないかしら？　気になるなら私の部屋でもなんでも好きなだけ調べてくれて構わないけど」

「……いいわ。では、今から真実の紋を作るからそこに手を当ててくれる？」

その言葉にカルミアが少し驚いた顔をした。

「真実の紋？」

「そうよ。相手の話が真実かどうか確かめるための紋よ。……ひょっとしてこれも知らない？」

祖母はありとあらゆる《紋》を私に教えてくれたけれど、《日輪の魔女》だけが作れる《紋》とそうでない《紋》の境界線は私にははっきり分からない。

おそらく祖母が私に自分が《日輪の魔女》であると気付かせないためにあえて教えなかったのだろう。

私が自分で道を選ぶ時に教えてくれるつもりだったのか。

カルミアと決着がついたらそのことも聞いてみようと思った。

その時、コンコンコンとノックの音がして、「マクレン様という方が、カルミア様にお会いしたいといらっしゃってますが」と、執事の声がした。

「「マクレン?」」

マクレンは馬車の中でヴュート達と待っているはずだ。

ヴュート達は一体何をしているのだろうか……。

「……お姉様、マクレン様ってアカデミーでいつも一緒にいらっしゃる方?」

「え? えぇ。オリヴィア王女のご学友よ。ウィンドブルからの留学生の」

「あぁ、あの方……。では、こちらにご案内して」

何を思ったのか、カルミアは上機嫌で執事にそう言って、マクレンを中に入れた。

「初めましてでいいのかしら? マクレン様。カルミア=ソルトです」

ふわりと笑ったカルミアが淑女の礼を執ると、マクレンも自己紹介をする。

「初めまして、カルミア様。マクレン=ヴェルダーと申します。本日は我がヴェルダー商会より贈り物をお届けに参りました。ピクニックの際にお渡ししたかったのですが、お帰りになったと伺いまして。……あれ、フリージア嬢? ……えーっと、僕は日を改めたほうがよろしいでしょうか?」

しれっと、すっとぼけたことを言うマクレンに動揺しながらも、「ご機嫌よう」と挨拶をする。

「いいえ、どうぞご一緒におかけになって」

うふふと、見るからに機嫌のいいカルミアが私の横の席を勧める。

「失礼いたします」

そう言ってマクレンが座ったのを皮切りに、カルミアの三文芝居が始まった。

「あぁ、そういえば、さっきお姉様が仰っていたヴュート様のお手紙や贈り物なんだけど、お姉様の部屋を片付けた時に見たかもしれないわ。多分倉庫に保管してあると思うから、探してくるわ。ちょっと待って頂ける？」

急に意見を変えたカルミアは、ニコニコ顔で部屋を出て行った。


「マクレン……何しに来たの？」

カルミアの足音が去っていくのを確認して、隣に座るマクレンに声をかける。

「何って、援護だよ。ヴュート殿やオリヴィア相手なら彼女は警戒するかもしれないけど、ただの商人の息子相手なら油断するかなって」

「ヴュート達は何も言わなかったの？」

「是非行ってくれってさ。めっちゃ悔しそうにしてたけど。どうせ押し問答してたんだろ？

俺が来てよかった？」

そう言ったマクレンは実に得意げで楽しそうだ。

「そうね。……さっきまでないと言い張っていたものが急にあったことを思い出したそうよ」

ははは……と、乾いた笑いがこぼれた。

先ほどの義母との騒動で魔力を大量に消費したせいで、《真実の紋》を作れるか怪しかったので、ある意味助かったかもしれない。

「だろうね。おそらく今から毒の入ったお茶でも持ってくるんじゃないかな？」

「え？」

「だって、ああいうタイプは完全に自分が有利にならないと本性なんて出さないぜ。フリージアの回帰前同様、俺達カップルに仕立て上げられるかもな。とりあえず、自分と俺の癒やしは頼んだ」

親指をグッと立てて、よろしく！　と満面の笑みを浮かべられる。

「は⁉」

「ま、俺もその毒を飲みに来たんだけどな」

そう言ったマクレンの瞳の奥には静かな怒りが宿っていた。

「それって……、どういう……」

「お待たせしました。お姉様、やっぱり倉庫にあったわ」

そう言いながらカルミアが自分でティーワゴンを押しながら戻ってきた。

ふわりと香るそれは、先ほどシルフェン邸で出されたお茶と同じ香りだ。

思わずスカートの上で拳を握りしめた。

――あぁ、この子は本当に……。

26、隠された贈り物

「お姉様のお友達がいらしたから特別なお茶を出しちゃった。人気でなかなか手に入らないのよ。マクレン様も故郷へのお土産話に是非召し上がって」

私とマクレンにお茶を出しながらカルミアは、白々しく笑顔を向けてくる。

「……ありがとう」

ほぼ初めましてのマクレンにまで毒を出せるその精神は本当に怖いが、私に毒を盛る気持ちはまだ理解できなくはない。

今まで下に見ていた人間が、自分の上に立つと思うだけでプライドの高いカルミアには我慢のできないことだろう。

回帰前、カルミアが私を殺した理由の一つもこれだったのだろうか？

それとも今回も《日輪の魔女》の能力を、自分が手に入れられるとでも思っているのだろうか？

「マジで出てきた感じかな？」

カルミアがワゴンに載せている焼き菓子を取りに行く時、私にだけ聞こえるようにマクレンが囁いた。

不安げに彼に向けた視線で分かったのだろう。一口、マクレンがカップを口にする。

その様子を間違いなく観察していたカルミアがにこりと微笑み、「ヴュート様のお手紙とか取ってくるわね」と言って部屋を出て行った。

「マクレン、貴方……」

即効性はないとはいえ強力な毒であることは間違いない。

私にはもう一から《紋》を描く力は残っていない。《紋》に魔力を通すぐらいの力は残っているが、危険なことはやめてほしいというのが本音だ。

「俺だって王家の人間だ。後継者争いに巻き込まれることは分かっていたから、幼い頃から毒への耐性は多少つけている。大丈夫って保証はないけど、あの女が本性を現すまでは」

そう言って、私のカップからもお茶を飲んだ。

「マクレン！　何を！」

「これは俺が……〝あの家〟を潰すためにすることだから……でも、ちょっと毒を飲んだふりでもしてくれると嬉しい」

少しおちゃらけて言いながらもマクレンの目には強い意志が現れていた。

「あの家って……」

「お姉様、お待たせしました。見つけたものは箱に入れてきたんだけど、中身を確認して下さる？」

部屋に戻ってきたカルミアの視線が、一瞬私のカップに移ったのが分かる。

それと同時に歓喜が込み上げたような笑みを浮かべながら、持っていた箱をテーブルの上に置いた。

「お茶のお味はどうだった？」

「……香りがよくて美味しかったわ」

「僕も、故郷へのいい土産話になりました。帰ったら薦めてみます」

「本当⁉　よかったわ」

そう微笑むカルミアに怒りを感じながら、カップを持ち上げた。

横にいたマクレンが反応したのが分かる。

お茶を飲むふりをしながら、唇をカップの陰で引き結び、液体は口に入れずに留めた。

それでも、あの雨の日の……回帰前、毒に侵され、苦しかった記憶がフラッシュバックし、手が震え、呼吸が苦しく感じる。

「……うん。美味しい」

なんとか震えを抑えて声を出したその時、隣に座っていたマクレンが胸を押さえて苦しみ始めた。

「マクレン！」

「フリー……ジ……。っつ……はっ」

祖母や父の時と同じ苦しみ方だ。

毒への耐性など本当にあるのだろうか？

「マクレ……」

「あははは！　やっぱりこれは毒だったのね」

声がした先にはカルミアが、あの日と同じ目で、同じように笑っていた。

手には小さな麻袋が握られており、おそらくあの中に茶葉が入っていたのだろう。

「カルミア……」

「ねぇ、お姉様。シナリオはどれがいい？　一、お姉様にいつも意地悪をしている私の侍女が、毒を盛った。あ、これは私に心酔しているマリアのことね。二、お姉様に恋するそこの庶民が、日輪の魔女になっては二度と会えないと強行手段に出てお姉様に毒を盛り、その後自分も自害。三、日輪の魔女であり、シルフェン家の婚約者という立場では結ばれない愛し合う二人が相談に来るも私に反対され、私の必死の説得も虚《むな》しく仲良く心中。おすすめは、『三』かしら」

「……俺を、頭の……おか……しい人間扱いすんなよ……」

マクレンは浅い呼吸を繰り返し、乾いた笑いでカルミアを睨みつけた。

「カルミア、そんな真実味のない馬鹿げた話、誰も信じないわよ」

「えぇ？　でも、今までみんな私のこと信じたもの。そりゃ最近少し……アレかもしれないけど。お母様はいつも言ってたわ。聖女の貴女は特別だって。貴女の思い通りにならないことなんてないって」

カルミアに見えないようにヴュートから借りた《癒やしの紋》をマクレンの背に当て、残り少ない魔力を注ぎ込む。

今回は毒は飲んでいないのにだんだんと動悸《どうき》が激しくなり、酸素が入ってこなくなる感覚に襲われるのは、魔力を使いすぎているせいか、それともあの日の記憶に、心も身体も掻《か》き乱されているせいか……。

「っ……。はぁ……。は……」

「あら、お姉様もやっと毒が回ってきた？　じゃあお別れの挨拶をしないとね」

そう言って、カルミアは机の上に置いていた箱を乱暴にひっくり返した。

箱から散らばったのは、紛れもなく私がヴュートに贈ったプレゼントや手紙。そしてヴュートの筆跡で私の宛名が書かれた手紙も入っていた。

届かなかった贈り物は、ずっとこの悪意の奥に閉じ込められていたのかと思うと、悔しさで涙が滲む。

「やっぱり、シナリオ『三』で行きましょう。お姉様はこのプレゼントをヴュート様の顔を直接見て返す自信がないから私に託しにきた、ということにしておくわ。大丈夫、ヴュート様は私に任せて楽になってね」

「……貴女は、十五歳でも、十七歳でも考えることが同じなのね……」

「はぁ？　何わけの分からないことを言っているの？　恐怖でおかしくなっちゃった？　あははは！」

そう笑いながら散らばった贈り物を踏みつけられた瞬間、何かが私の中で弾けた。

「やっぱりお姉様はそうやって下を向いているほうがお似合いよ！　あはは……っぶっ‼」

「あぁ……ごめんごめん。かけちゃった」

悪いなんてかけらも思っていないけれど、そう言って、指先に取っ手を引っ掛け、ぶらぶらと揺れるティーカップを見せつける。

「ごほっ、ごほっ……な……何を」

カルミアが大きく口を開けて笑う瞬間に顔面にお茶をかけたので、口の中だけでなく気管にでも入ったのだろう。

苦しそうにゴホゴホと咳をしている。

「大丈夫よ。熱くないでしょう？　貴女の一人舞台が長すぎてもう冷めてると思うから。どう？……　〃特別なお茶〃は美味しい？」

「……っ」

ヒュッと息を呑んだカルミアの顔色が一瞬で真っ白になる。

当然、私のカップに何が入っていたのか分かっているのだ。

「なんてことするのよ！　あぁ……どうしよう……。飲んでしまったわ」

怒りながらも顔面蒼白のカルミアにマクレンに当てていた《癒やしの紋》を見せた。

「大丈夫よ、カルミア。私達はもう元気だから、心配しなくていいわ」

「あんた達の心配なんかしてないわよ！　私にも貸しなさいよ！」

《聖女》であるカルミアがこの《紋》を使うのは容易《たやす》いだろう。まして、近くに私がいるのだから、すぐ回復するかもしれない。

「断るわ」

そう言った瞬間、カルミアが氷塊魔法を展開し、私に狙いを定める。

が、私の目の前には氷壁が〃二枚〃張られ、彼女の攻撃が私に到達することはなかった。

「俺に任すんじゃなかったのかよ……」

《氷壁の紋》を描いていたマクレンが呟く。その視線の先には、カルミアが攻撃しようとした右手首をヴュートが握り、彼もまた《氷壁の紋》を描いていた。

「我慢できなかっただけだ」

「ヴュート様……？　なぜここに」

カルミアは信じられないという目で自分の右手を掴む人物を見上げる。

マクレン以外来客の知らせなどなかった。

ゴクリと喉を鳴らしたカルミアがハッと視線をドアの入り口に移すと、そこには祖母とオリヴィアが立っていた。

「私がご案内して、ずっと隣の部屋にいたのよ。……私がソルト家の中に入るのに貴女の許可はいらないもの」

「ずっと……？」

祖母の言葉にカルミアの顔色が青ざめる。

「カルミア嬢。床に散らばった……手紙の説明をして頂けますか？」

暗く、深く、冷たい声と視線でヴュートがカルミアに問いかけた。

＊　＊　＊

これ以上握っていたら怒りで折ってしまいそうだと思い、カルミアの右手を離す。

そして再度彼女に尋ねた。

「この床に散らばったものは？」

青ざめながら、涙を湛えるように上目遣いでこちらを見上げるカルミアに吐き気が込み上げてくる。

「こ、これは……お姉様が私に預かっていてと渡したもので……」

なんとしてでも嘘を貫き通す気か。この期に及んでそんなことを言っている彼女に呆《あき》れを通り越して殺意すら湧いてくる。

「なるほど？　では、これはなんですか？」

そう言って床に落ちていた金のフィリグランを拾った。

「これは僕が、遠征中に紛失したものです。裏に僕の名前が刻んでありますが？」

「そ、それは……セザール様が……」

「あぁ、……彼を使ったんですか」

セザールとは騎士団でいつも一緒にいた。さぞ使いやすかったことだろう。

散らばったものの中には他にも紛失したカフスがあった。

なくしたことにショックを受けていた自分に、『遠征中だからしょうがないよ』と、慰めてきたセザールにも怒りが湧いてくる。

度々起こった野営地の魔物の襲撃も、ひょっとしたらセザールの手引きではないかとすら思ってしまう。

「――カルミア嬢。なぜこんなことを？」

「なぜ？　だって……お姉様のものは私のものでしょう？　ヴュート様だって！　騎士団の慰問に行く度……いつも私に優しくしてくれたわ。私のことが好きだから声をかけてくれたんでしょう!?　お姉様と婚約破棄しなかったのは、お姉様が可哀想《かわいそう》だから……」

テーブルを叩き割りたくなる衝動を、なんとかカルミアを睨みつけるだけに留める。

フリージアからの贈り物を紛失する度、彼女の心が離れていくようで、彼女の思いが消えていくようで、その喪失感は言葉では言い表せなかった。

回帰前、最後になくしたハンカチは、彼女からの初めての贈り物だった。

その直後に知った彼女の死は、何かを暗示していたのかもと思ったほどだ。

だがその実際は、暗示など生温《なまぬる》いものではなかったのだ。

こんなにも悪意と、害意にまみれた人間に奪われたのかと思うと、笑いしか出てこない。

「僕は、君に婚約者の家族として接しただけだ。それ以上なんてあるわけがないだろう？」

「でも他の男の子達はみんな言うわ。自分の婚約者より私がいいって。でもヴュート様のほうがあんな自分じゃ何もできない貴族の子達より比べものにならないほど素敵だもの。地位、名誉、才能、容姿、どれをとっても誰にも負けないわ。私は貴方が好きなんです」

「……君は、僕を好きなんかじゃない」

彼女が好きなのは僕ではなく、僕の後ろにあるもの。それをアクセサリー代わりに自分を飾り立てたいだけだ。

そんなもののためにフリージアが殺されたのかと、怒りで視界が赤く染まる。

「どうしてそんなに怒るのですか……！　っ……はぁ」

毒が効き始めて肺に空気が入ってこないのだろう。カルミアが苦しそうに呼吸を乱し始めた。

「ヴュートさ……助け……っ！　っは……、はぁ、お姉様に毒を……飲まされ……て」

その苦悶に満ちた表情が、生きて会えなかった十八歳のフリージアとふいに重なる。

「……こうやって、ジアは死んでいったのか……」

ポツリとこぼしたその言葉に、カルミアが「え？」と呟く。

目の前で、贈り物を踏みつけられ、僕の裏切りを知り、孤独と絶望の中でジアは死んでいったのだ。

「ヴュート……さ……ま？」

胸を押さえつけ、苦しむ目の前の少女に少しの同情できない自分は、正気ではないのだろう。

フリージアが死んだ後、僕を見上げる目に涙を溜め、『こんなことになるなんて』『つらい』と、一体どの口が言ったのか。

毒で殺した挙句、フリージアがマクレンと恋仲だったと……僕を捨て、裏切ったなんて作り話を考えるなど常人の所業ではない。

ドス黒い感情が腹の底から込み上げ、無意識に《業火《ごうか》の紋》を作った。

「っ……！」

「あの日、君を殺してしまえば……気分は晴れたのだろうか」

マグノリア様とソルト邸にフリージアの遺品を受け取りに行った日。

ヒステリックに喚《わめ》くカルミアをおかしいと思ったのに、遺品にあったマクレンと書かれたハンカチに動揺し、思考停止して何もできなかった。

今、復讐《ふくしゅう》をしたら、この感情も少しは収まるのだろうか……。

「ヴュート！」

怒りからか、冷たくなった指先に温かな手が触れた。

「……ジア」

「やめて。……貴方に人殺しなんてしてほしくない」

フリージアが泣いている。

紫水晶の瞳が涙と一緒にこぼれ落ちてしまいそうなほどに。

「……僕は騎士だよ……。人に剣も、攻撃魔法を向けたことだって……」

「違う！　……それと、これは……違うわ」

そう言って彼女が親指で僕の目の下の何かを拭う。

「……泣かないで」

彼女のその言葉で初めて自分が涙していることに気付いた。

「……君が、いなかったんだ。君に会うために遠征地から王都に向かって……。早馬が……君が死んだと。すべて……なんの意味も……カルミアが君を……」

まとまらない言葉が溢れ、フリージアの温かい手に、彼女が生きているその光景に、ただただ視界が滲む。

「ありがとう……。ヴュート。私のために泣いてくれて。でも、カルミアを殺してはダメよ」

彼女が僕の身体を優しく抱きしめ、優しく囁いた。

「でも……」

「あの子なんかのために、貴方に犯罪者になってほしくない。……あの子なんかのために、貴方の心に後悔を残してほしくない」

そう言って涙に濡れた強い瞳で、フリージアが僕を見上げる。

「何より、そんなことをして、貴方の心にカルミアが……いつもどこかに引っかかっているのは許せない」

その言葉に涙がぴたりと止まった。

「……僕の心にいるのは、いつだって君だけだよ」

そう言って彼女を抱きしめながら柔らかな髪に顔を埋《うず》め、彼女の香りを胸いっぱいに満たす。

「……それでも、嫌なの」

ふふ……と笑いながら言う彼女の言葉に、彼女が見せた初めての独占欲に、そして何より、僕を抱きしめる彼女の温かさに自分の心が少しずつ凪《な》いでいくのを感じた。


「い……一体、ハッ……はぁ。なんの……話……を」

息も絶え絶えに言うカルミアにフリージアは向き直り、《癒やしの紋》を渡した。

「はぁ……っ。は……初めからそうしなさいよね。本当に死ぬところだったじゃない‼」

リボンから発せられた淡い光がカルミアに吸い込まれていくと、彼女の呼吸が落ち着き、苦悶の表情が怒りの表情へと変わる。

「カルミア。始めから貴女を殺そうなんて思っていないわよ。ただ、……怒りに任せてお茶をかけた時、私と同じ苦しみを味わえばいいと思ったのは否定しないわ」

「っていうか、すごいね、君。俺とフリージアを殺すつもりだったくせに、よくそんなことが言えるな。ある意味尊敬だよ。どんな思考回路してるわけ？」

引き気味のマクレンがカルミアにそう言うと、彼女はマクレンを睨みつける。

「平民如《ごと》きに、君なんて呼ばれたくないわ！」

「……あぁ。ごめんごめん。……僕の正式な名前は、マクシミリアン＝スミリア＝ウィンドブル。隣の国の第二王子ですって言ったら分かるかな？」

「はぁ？」

意味が分からないと言った顔をするカルミアに、オリヴィアが説明する。

「わけあって商人の息子のふりをしているけれど、彼は正真正銘ウィンドブルの王子よ。疑問に思うならウィンドブルの聖女、シャルティ様にでも聞けばいいわ。……まぁ、聞ければだけど」

「何が言いたいの⁉」

王子であるマクレンを殺そうとして、カルミアが無事でいられるわけがない。

罪人が他国の《聖女》においそれと会うこともできず、真実を知るのは法廷だろうか。

そんなことも分からないのか、相変わらずの強気な態度を崩さない彼女に呆れて言葉がでなかった。

マクレンが屈《かが》み込み、カルミアの足元に落ちていた茶葉の入った麻袋を拾った。

その麻袋の裏表を見た後、中身を覗き込むと、ふっと笑う。

「何がおかしいのよ！」

「あぁ、この麻袋の内側に、君の母上の実家の家紋があってね……」

「家紋？」

「そう、我がウィンドブル国のレダ伯爵家の紋だよ」

マクレンが袋の内側の家紋をカルミアに見せる。

「お母様は平民の生まれではなかったの……？」

「れっきとした貴族だよ。前王妃の生家で、ウィンドブル国でも勢力を誇る家門だ」

「まぁ！　それでは私は……！」

「ま、君は平民だけどね」

そうそっけなく言ったマクレンにカルミアがキョトンとする。

「……は？」

「君はソルト公爵家の娘でも、ターニャ＝レダの娘でもない。王族である僕に毒を盛った、ただの平民で犯罪者だ」

マクレンの言葉にカルミアは理解が追いつかず、さらに大きく目を見開く。

「何を……言って」

わけが分からないといった様子のカルミアにマクレンは、先ほど僕達が馬車で聞いた内容を含め、《魅了の紋》やレダ家の目的について端的に説明してやった。

「――そして、僕がここに来たのはレダ伯爵家とターニャとの繋がりの明確な証拠が欲しかったからなんだが……。兄上に飲ませたであろう同じ毒を、家紋入り付きの麻袋に入れるなんて、甘すぎるだろう……？　何年もここに入り込んでいて油断したのかな？」

マクレンはクスリと笑い、床に膝を突いているカルミアに目線を合わせ、麻袋を目の前で揺らした。

「ありがとう、カルミア嬢。君に頂いたお茶は、〝故郷へのいい土産話〟になったよ。……ご馳走様《ちそうさま》でした」

第一王子の殺害未遂だけでなく、支持すべき第二王子にすらレダ伯爵家の手のものが毒を飲ませたとなると、彼らの家門に未来はないだろう。

さらには、《日輪の魔女》の殺害を目論《もくろ》むなど、国際的にも、世論が彼らを許しはしない。

「やっと……兄上に恩返しができる」

そう言って、マクレンは茶葉の袋を握りしめた。

「……私は……母の子じゃない……？」

カルミアは真っ青な顔でポツリと呟いた。

母親だと思っていた人間が、《日輪の魔女》を殺すためにソルト家に入り込み、シルフェン邸で凶行に及んだ。巻き込まれたのは元《聖女》マグノリア・ソルトにソルト公爵、シルフェン家次期公爵である僕。いずれも王家に次ぐ国の要といえる存在だ。

そして、カルミア本人に至っては、《日輪の魔女》であるフリージアのみならず、隣国の王子までも殺そうとしたのだ。

「わ、私は知らなかったのよ……。お母様がスパイだったなんて！　私は悪くないわ‼」

「カルミア、知らなかったで済むわけがないでしょう？　むしろ知らずにその手段を選んだ貴女が何より恐ろしいわ」

ヒステリックに無罪を主張し始めた彼女に、フリージアは呆れたように言い、放心状態のカルミアを尻目に床に散らばった手紙や、贈り物を一つずつ箱に拾い集めた。

僕も一緒に拾うと、フリージアが優しく微笑んでくれる。

「……ありがとう」

「僕のものも入っているからね」

「こんなにも……貴方に届いていなかったのね」

フリージアがポツリと零し、カルミアに視線を移す。

「全部、返してもらうわ」

「誰か！　カルミアを王宮の騎士団に連れて行きなさい！」

ドアの外に向かってマグノリア様が叫ぶと、執事が困惑した様子で応接室に入ってきた。

「大奥様……」

「あぁ、ジル。聞こえたでしょう？　カルミアを連れて行きなさい」

ジルと呼ばれた執事は何が起きているのか分からないながらも、ソルト家の警備騎士を呼ぶと、カルミアが怒声を上げる。

「お祖母様！　お父様が帰って来たらこんなこと許されないわ！　実の娘じゃないかもしれないけれど、私はお姉様と違って愛されてるのよ！　お姉様！『全部返してもらう』なんて言ったけど、お父様の愛は私のものよ！」

その言葉にマグノリア様が冷たい視線を寄越した。

「息子はすでに王宮の牢《ろう》にいることでしょう。すぐに会えるから、その時同じことを言ってみなさい」

「牢？」

「そうよ……金に目のくらんだ犯罪者としてね」

そう言って俯くマグノリア様の手をフリージアがそっと握りしめた。

「カルミア、『お父様の愛を返して』なんて言わないわ。……だって、始めから私のものではないのだから。でも……その貴女の言うお父様の愛は……本物だった？」

「待って……どういう意味……。ちょっと！　離しなさい！　マリア！　マリアはいないの!?」

警備騎士に拘束されながらも、カルミアが侍女を呼ぶ。

集まっていた使用人達の中に、名前を呼んだ侍女の姿を認めたカルミアが、一瞬安堵の表情になるが、

「マリア……」

そっと視線を外した侍女は使用人達の影に消えていった。

「貴女の周りにいた人は皆、魅了の紋が作り出した虚構に過ぎないわ」

侍女の消えていった先を言葉も出ず見つめるカルミアにオリヴィアが呟く。

「……では、次は法廷で会いましょう」

冷ややかに告げられたフリージアの言葉と共に、カルミアは連行されていった。

27、魔女は消える

それから三日後、開かれた三人の裁判を、私は用意された傍聴席でシルフェン家、祖母、マクレンと並び見ていた。

オリヴィアは王族の席に座り、その様子を見ている。

隣国の王子までも巻き込み《日輪の魔女》殺害未遂を引き起こした、ソルト公爵家の不祥事は国内のみならず国外にも大きな衝撃を与えた。

傍聴席には貴族が押し寄せ、立ち席も埋まり、建物の外まで人で溢れ返っている。

父は、脱税、詐欺罪、密輸によって国の利益を損ねただけでなく、緊張状態にあるユリア国との偏った取引は国家転覆罪に相当するものとされ、爵位剥奪の上、国のために一生魔力労働を科される終身刑となった。

その判決が言い渡された時、祖母がポツリと呟く。

「貴女のハンカチを……フリージアの想いを一つでも受け取っていたなら、あの子の未来は違ったかしら……」

父が一度も受け取ってくれることのなかった、刺繍のハンカチ。

祖母に《紋》を教えてもらう度、何度も何度も練習して刺繍したそれは、私の手から離れることは一つもなかった。

「まぁ、今さら言っても仕様のないことよね」

祖母は寂しそうに、でもどこかスッキリしたように小さく笑った。

義母の身柄はウィンドブルに引き渡されることもなく、死刑が言い渡された。

レダ伯爵家には事件の証拠とともに義母の罪状について通達したにもかかわらず、彼らは沈黙を貫き通し義母を見捨てたのだ。

マクレンは今回ウィンドブルの第二王子として証言をしており、カルミアからもらった〝土産話〟によってレダ伯爵家についていた家門が手のひらを返し、過去の悪行が一気に噴出したため、とてもこちらに気が回せる状況ではないと教えてくれた。

日々虐《しいた》げられただけでなく、命を狙われていた身として同情する気にはなれないが、家のため、王位のために暗殺を課せられて国を出たまま、見捨てられて死んでいく彼女の人生を想うと、憎しみよりも悲哀を感じてしまう。

最後に、カルミアの判決が言い渡される。

陛下は、カルミアの処遇に関しては被害者であるマクシミリアン殿下からウォーデンに一任する旨の承認を得ていると前置きをした後、こう言い渡した。

「カルミア＝ソルト。其方の十五歳という年齢を鑑《かんが》み、ウィンドブル国の法において死刑はない。しかしながら、その行為は利己的で悪質、とても俗世に放逐することはできない。よって、北の開拓地での強制労働を命ずる」

北の開拓地は、植物も育ちにくい厳しい土地だ。

そこで従事する者は全員が囚人であり、生ぬるい場所ではない。

そんな土地で労働に従事するなど、彼女にとっていっそ死ぬよりつらいことかもしれない。

「——しかしながら」

続く陛下の言葉に青ざめていたカルミアが顔を上げる。

「其方の後見を、責任を持って務めると言う貴族があれば、北の開拓地での五年の労働を終えたのち、俗世に戻ることを許可する」

その瞬間、カルミアの顔が希望を見出《みいだ》した。

ひょっとして何か勘違いをしているのかもしれないが、カルミアは平民だ。

令嬢として迎え入れられるわけはなく、よくてメイド、使用人としての引き受けになるのだろう。

「もし、この者の身元引受人、後見人となる者がいれば、今名乗り出るがいい」

そう言って、国王陛下は傍聴席を見渡した。

カルミアもまた、傍聴に来ていた彼女の取り巻きを見つけて顔を綻《ほころ》ばせた。

この裁判に来ている貴族の中にはいつもカルミアの取り巻きだった人間がたくさんいる。

その中の一人でも……。


しかし、カルミアに視線を向けられた令嬢は、すいっと視線を逸らし、扇で横にいた人物とヒソヒソ話を始める。

「彼女、神事の際の準備をすべてフリージア様に押し付けていたそうよ」

「いつも学園で偉そうにしていたけれど、所詮特待生枠での入学でしょう？　課題をすべて姉君に押し付けてよくあんな態度が取れたわね」

「いつも殿方に媚《こび》を売ってはべらせていたけれど、聖女ということ以外何も取り柄なんてないのにね」

「その聖女の力も、すべてフリージア様の恩恵だそうよ。お一人では神事を行えるほどの聖女の力がないって」

「そうみたいね。神事も力が弱まったと言えど、マグノリア様はきちんと女神の祝福を受けられたって。カルミア嬢は結局フリージア様がいなくてはなんの役にも立たないのね」

「まぁ。それなのにいつも姉君に虐められているところ構わず仰っていたわ」

いろんなところから聞こえるヒソヒソ声は、あえて聞こえる大きさで話しているのが分かる。

そうしてカルミアの視線が令嬢から令息、次から次へと移る度に、彼女の瞳の中の絶望の色が濃くなっていった。

「な……なぜ」

ポツリとこぼすカルミアに、陛下から最終宣告が為された。

「――誰もおらんようだな。ではカルミア・ソルト。其方は先ほどの判決の通り、北の開拓地へすぐに向かうがいい」

呆然とするカルミアに注がれる視線に、彼女の今後を心配するような色はない。

今まで彼女が作り上げてきたものの中に、本物はなかったのだ。

すべて、《魅了の紋》が作り出した偽物に過ぎなかった。

――そうしてうなだれたカルミアが法廷を後にして、裁判は幕を閉じた。

裁判の後、オリヴィアと合流して話をしていると、周囲がざわつき始めた。

ざわめきの先に視線をやると、人垣が割れ、十数人の神官を連れた神官長がこちらに向かって歩いてきた。

——カルミアがソルト家から連行されていったあの日。

夕食の前に、神官長がシルフェン家を訪ねてきた。その手に《聖女》の適性検査のために使う水晶を持って。

父や義母が王宮に連れられた時点で覚悟はしていたことだ。

どうせ父が私が《日輪の魔女》であることを理由に釈放を迫ったのだろう。

複数の神官を連れた神官長を前に、逃げることも誤魔化すこともできず水晶に手をかざすと、《聖女》の時は白く輝く水晶が虹色に輝き、私は《日輪の魔女》と認定された。

そのまま神殿に連れて行かれるところを、ヴュートをはじめ、公爵様、公爵夫人、祖母が尽力してくれて、神殿に行く日を〝ソルト家の判決の日の夜〟まで延ばしてくれたのだ。

拘束から判決まで異例とも言えるスピード裁判は、神殿からの圧力もあったに違いない。

「此度《こたび》の裁判、お疲れ様でございました。お迎えのお約束は夜でしたが、せっかく王宮まで足を運んで頂いているので、このまま神殿にご案内させて頂いてもよろしいでしょうか？」

王宮のさらに奥、神事を行う神殿の裏に厳重に警備された私が暮らす予定の建物がある。

シルフェン家に戻っても蜻蛉《とんぼ》返《がえ》りになる時間帯だ。

神官長の視線から私を隠すように、ヴュートは私の前に立った。

「ジアは神殿には行かない。今も、これからも」

「今さら何を仰います。シルフェン小公爵様。今回の事件のように日輪の魔女様は常に危険に晒されているのです。身に染みてお分かりでしょう？　ご一緒に暮らすことはできなくてもお二人の婚姻も認めると申し上げたではございませんか。定期的にお会いできるよう調整はいたします。我々とてこれ以上の譲歩はできませんぞ」

神官長の言葉に彼の背中から発せられる怒りを感じる。

「神官長、フリージアは十分身を守る術《すべ》を持っているわ。神殿に閉じ込める必要なんて……」

「オリヴィア王女、無責任な発言はお控え下さい。それでももし万が一のことがあったら貴女はどう責任をとられるおつもりですか」

神官長は冷めた目でオリヴィアを睨みつける。

「ジアは、僕が、シルフェン家が守る。お前達の利益のためだけに彼女を利用させたりしない」

「利益のための利用など、いくら貴方様でもお言葉が過ぎますぞ！　フリージア様には崇高な使命が神から託されているのです！　この百年、世界がどれほど日輪の魔女を待ち望んだと思うのですか！　魔素や魔物、疫病《えきびょう》から世界を救うのはフリージア様にしかできないことなのですぞ！」

わざわざこの群集の溢れかえる中で声高に言う神官長を、やっぱり好きにはなれないと痛感する。

ヴュートを悪者にし、神殿の正当性を主張する場としてはおあつらえ向きだろう。

そこに私の感情は関係ないのだ。

ここでどんなにヴュートとオリヴィアが庇ってくれても、彼らの立場を悪くするだけだ。

「行きます」

「ジア⁉」

「フリージア⁉」

「ヴュート、オリヴィア。心配しないで。何も一生会えないわけではないし」

「さすがフリージア様、賢明なご判断です。世界中が貴女様の救いを待っているのです。すでに貴女様のために必要なものは取り揃えておりますので、御身一つでお越し下さい」

「……自分のものは神殿に持って行っても？」

あの事件の日以来、つけていた婚約指輪に視線を落とす。

「もちろんです。貴女のお心のままに。公爵邸から持っていかれる荷物があれば、私共が取りに伺いますよ」

「神官長、後で私が持っていくわ」

そう言った祖母の言葉に神官長が頷く。

「マグノリア様なら神殿に来て頂いても結構です。それでは参りましょうか」

「ジア……」

呟くように小さく呼んだヴュートを振り返り、「またね」と笑った。


ぼんやり窓の外を見つめると、今夜は満月だった。

私に用意された部屋は神殿の一番奥の塔の、最上階の部屋だった。

窓からは王都が一望でき、街の明かりがキラキラと輝いていた。

室内は白を基調とした調度品でまとめられ高級感はあるもののどこか無機質な印象で、外から鍵が掛けられた扉は人の行き来を阻《はば》むかのように重厚だった。

シルフェン邸にあった自分の部屋との差をどうしても感じてしまう。

もうあの陽《ひ》だまりのような場所には戻れない。


「ジア」

物思いに耽《ふけ》っていると、突然呼ばれた声にビクリとする。

「ヴュート!?」

窓の下からひょっこりと現れたヴュートは、この最上階の部屋まで壁づたいに登ってきたのだろう。

とても常人にはできないそれを汗一つかかずにこなし、微笑んでいる。

「行こう」

「行こうって……」

「行くんだよ。君の望む世界に。こんな世界に閉じこもっていてはダメだ」

「逃げたって追っ手がくるわ。貴方をそんな危険に巻き込むなんてできない」

「僕は巻き込んでほしいんだけどな」

そう言って私の頬に手を添えた彼の瞳は夜空と同じく輝いている。

なんの憂いもないその瞳に、涙が溢れた。

「笑って。ジア」

そう言って、頬を伝う涙にヴュートが唇を寄せる。

「父上にも、母上にも許可は取ってきた。僕の弟は優秀だから家のことも何も心配はいらない」

「なんで……」

「君は今まで自分の人生を犠牲にして聖女に尽くしてきた。これ以上搾取される必要なんてないんだ。だから、憧れ続けた本の世界に……君の夢見た世界へ一緒に行こう」

そう言って頬にあった彼の唇が、私の唇に重なる。

「ヴュート……」

「愛してるよ。……ジア」

吐息混じりに呼ばれた名前に応えるように、彼のシャツを握りしめた。

その時、コンコンコン、とノックの音がして、「マグノリア様のお越しです」と、神官の声がした。

ハッとして、「お待ち下さい」と返事をする。

「行こう、ジア」

そう囁き、私の手を握るヴュートに待ってと首を振る。

「お祖母様に最後の挨拶がしたいの。……また後で……日が昇る前に迎えにきてくれる？　それまでに大事なものをまとめておくわ」

そう言うと、ヴュートは頷き、もう一度私の唇に羽のようなキスを落とした。

「分かった。また後で」

微笑んだ彼はそう言って、危なげもなく地上へと降りていった。

私はその後ろ姿を、滲む視界に焼き付けた。

「……私も、愛してるわ……」

そっと、左手に嵌《は》めた婚約指輪に唇を寄せる。

「……さようなら。ヴュート」

——その夜、《日輪の魔女》が消えた。

28、守りたかったもの

「ヴュート、神官長が来ているわよ」

コンコンコンと僕の部屋のドアをノックしながら母が声をかけてきた。

おそらく侍女では僕が動かないと踏んで自ら来たのだろう。

一昨日《おととい》の夜、ジアを迎えにいった神殿の部屋はもぬけの殻で、机の上には一枚の手紙が置かれていた。


『夢を諦めないで。さようなら』


たったそれだけ。

たったそれだけの言葉を残して彼女は消えてしまった。

僕の夢はずっと彼女の側にいて、彼女の笑顔を守ることだけなのに……。

すぐに彼女を探したけれど、なんの痕跡《こんせき》もなく、手がかりの一つも見つけられなかった。

「帰ってもらって下さい」

「そうは言っても、貴方がジアちゃんを隠しているんだろうって、すごい剣幕よ。ここにはいないと言っても、神殿の騎士団を連れてくるつもりみたい。私としてはそれでもいいけれど、貴方が面倒でしょう？　それに、マグノリア様もオリヴィアちゃんも朝からずっと貴方が出てくるのを待っているのよ？」

「……分かりました。すぐに行きますよ」

小さくため息をつき、応接室に向かった。


「ヴュート殿！　貴方がフリージア様を隠しているということは分かっているのですよ！　一昨日貴方が夜中に神殿にいるところを目撃した神官が何人もいるのですから！」

「……チッ」

ドアの開いていた応接室に入った瞬間に向けられた罵声に思わず舌打ちが出た。

「なんですか、その態度……」

「母から聞いていると思いますが、ここにフリージアはいませんよ。なんなら気が済むまで屋敷の中を探せばいい」

「戯言《ざれごと》を……！　先ほども申し上げましたが、貴方が神殿にいるところを目撃している者が多くいるのです！」

「彼女を迎えに行ったのは事実だ。けれどすでに部屋はもぬけの殻だった。神殿にいれば彼女が安全だという言葉はまったくの嘘だったんだな」

もし、神殿の警備が万全だったなら彼女は逃げ出すことなどしなかっただろうか。

いや、僕ですら彼女の痕跡を追えないでいるのだから、神殿を守る騎士ではなんの役にも立たなかっただろう。

それでも彼らを責めずにはいられない。

あんなところに彼女を閉じ込めなければ……その思いをどうしても拭い去ることができない。

やっとフリージアとこれからの人生を歩んでいこうと思ったのに、彼女の残したものはメモのような手紙一枚。

フリージアの残した手紙を神官長に見せるように二人の間にある机の上に置く。

「捨てられた男と、好きなだけ笑ってくれていい」

「……！」

食い入るようにその手紙を見つめて数秒固まった神官長は、そのままドサリとソファにくずおれた。

「ほ、本当に……？　ど、どうするんだ？　もういくつかの国と紋の修繕費や、新たな紋の契約を結んでしまったんだぞ？　前金だってもらっているのに……」

その言葉に、思わず乾いた笑いが溢れた。

「彼女は一昨日神殿に行ったばかりだと言うのに、ずいぶん行動が早いじゃないか。ソルト家の裁判が始まる前にすでに動いていたんだな」

「こ、ことは一刻を争うのですぞ！　壊れた浄化の紋や加護の紋を一日でも早く修復し、自国の民を守りたいという国は一つではないのです！」

バキッ‼　と大きな音がして、自分が目の前の机を蹴り割ったのだと気付く。

「ひっ‼」

真っ青な顔色で情けない悲鳴を上げた神官長を睨みつける。

「だから？」

「で、……ですから、も、もし……本当に……こ、ここにフリージア様が、いらっしゃらないならば……貴方も王国騎士団員として……捜索に加わって……フリージア様を神殿に帰らせる義務が……」

「僕はもう王国騎士団員ではない」

「し、しかし……」

「貴様の無能さゆえの落ち度を、僕に尻ぬぐいさせるな」

神官長の落ち度とはよくいったものだ。

あの日、彼女の覚悟を見抜けなかった僕は、ジアは僕と一緒に国を出てくれると信じて疑わなかった。

彼女の指に嵌まったままの指輪に安心していた。

僕だけが、彼女を自由にすることができるのだという傲慢ささえあった。

「し、失礼する」

真っ青になった神官長は、一緒に来た神官を引き連れて、慌てて部屋を出ながら捜索隊を派遣するように指示を出していた。


「本当に間抜けな男ね」

神官長と入れ替わりで開いたドアから入ってきたオリヴィアが、神官達が去っていったほうに視線を送りながら言った。

「オリヴィア……」

「やだ。本当になんて顔してるの？　貴方の取り柄なんて、その顔ぐらいしかないんだから綺麗にしなさいよね」

「もっと言ってやって、オリヴィアちゃん」

赤毛の二人の暴言に、思わずジロリと視線を向ける。

「なあに？　本当のことを言って何が悪いのよ？　私にしてみれば、ヴュートなんて顔だけどころか口だけの男よ。何が『僕がフリージアを守る』よ。結局守られてるんじゃない」

「なんだと？」

腹立たしげに睨みつけてもオリヴィアは眉一つ動かさず、こちらを睨みつけている。

「貴方、フリージアと婚約することが決まった時、私に言ったわよね。『誰よりも頼りになって、誰よりも彼女を守れる男になる』って。守られているのはどちらかしらね？　貴方なんかにあの子を任せたのが間違いだわ！」

痛いところを突かれ、言葉を飲み込む。

「フリージアは……！　貴方があの子に縛られないように出て行ったのよ。決してあの子が自由になりたいからじゃない。貴方の人生を犠牲にしたくなかったから……あの子が私のために会いにこなかったのと同じよ！」

「僕の人生はジアがいてこそだ！」

「じゃあ聞くけど、貴方は回帰前、一体何をしていたの？　ただひたすらに騎士になるための努力をしていたのなら、貴方が思い描く騎士になってほしいとフリージアなら願うに決まっているでしょう？」

オリヴィアの言葉に思わず息を呑んだ。

回帰前、確かに彼女にふさわしい男であろうと、フリージアを置いて何年も遠征に出ていた。

だが僕が思い描いていた騎士は、決して《英雄》ではなかった。

ただただ目指したものは、〝フリージアを守る〟ためだけの最強の騎士だ。

「……ジアに会いに行ってくる。彼女ならきっと何年も聖女達のいない地を目指すはずだ」

そう言って焦って部屋を出ようとして、オリヴィアに足を引っ掛けられた。

「……なっ……！」

焦っていたせいか避けきれず、崩したバランスを保とうとすると腕を掴まれた。

「まあ待ちなさいよ。こんな状況のままで彼女が戻ってくるわけないでしょう？」

「彼女が僕に最強の騎士になってほしいと、それが僕の願いであると思っているなら、聖剣だって取ってくるさ」

「簡単に言ってくれるところが怖いのよね」

ため息交じりにそう言うオリヴィアに、一体何が言いたいんだ？　と視線を送る。

「あの子の幸せはなんだと思う？　あの日のフリージアの言葉を覚えてる？」

「あの日？」

「そうよ、ソルト邸でフリージアがカルミアに言った言葉よ」

「……『全部、返してもらう』？」

あの日のフリージアの言葉は、今でも鮮明に覚えている。

ずっと家族やカルミアに搾取され続けてきた彼女が、回帰して取り戻したあの日。

「そうよ。結局何もあの子の元に戻ってきていないわ。家族も友人も……マグノリア様も私も貴方も、すべてを置いて出て行ったのよ。それに、自由だってあってないものよ。あの子は常に日輪の魔女として追われる身なんだから……。現に神殿だって捜索隊を派遣しているし、ここにいないと知ったからには、さらに捜索の手を広げるでしょうね」

「片っ端から捜索隊を消していくか……」

「馬鹿ね！　いいからさっさと聖剣とやらを取ってきなさいよ！」

「本気で言ってるのか？」

オリヴィアを探るように見ると、彼女は得意げにふふんと笑った。

「あの子の帰る場所を作るためなら貴方はなんだってやるでしょう」

「当然だ」

「今、議会で一番発言力があるのは誰だと思う？」

「神殿だろう？」

この数年、カルミアの力をフリージアが増幅させていたおかげで、月に一度の神事ではマグノリアが《聖女》だった時代よりも広範囲にわたって浄化や加護の力が働いていた。

そのため騎士団の派遣費用や食糧難への補助金などが大幅に抑えられ、国庫は非常に潤っていた。

そしてそのお金の多くが、《聖女》を補佐し、神事を行っている自分達の成果だと声高に主張する神殿に流れていた。

その金が何に使われていたか、あの神官長を見る限り疑いの目を向けざるを得ないが……。

「そうよ。でも今回の件で神官長が議会から責められるのは目に見えている。ソルト家は実質取潰しだから、残るはシルフェン公爵家と、セリテル公爵家、そして軍を束ねるアシュラン＝キリウス王国騎士団長」

「そしてそれらの意見を聞き入れつつも、最終的な決定権を持つ国王陛下だな」

僕の言葉に小さく頷いたオリヴィアは、ピッと人差し指を立てて片方だけの口角を上げた。

「貴方はアシュラン騎士団長を抑えて。私は陛下を抑えるから」

「抑えるって……あまり言いたくないが、王家での君の発言権は大きくない。むしろ君の意見は……」

王から見捨てられた王女の話に耳を傾けるものなど、議会にはいないだろう。

「そうよ。それはフィー叔母様だってそうでしょう？　王家の女はどうせどこかに嫁がされる駒にしか思われていないんだから。ただ私はそれに輪をかけて可愛がられなかっただけだもの」

　そう言った彼女はそれでも卑屈な表情をすることなどない。

「別にいいのよ。たいして顔も見ない父や兄よりも、私には貴方やフィー叔母様、それにフリージアだっていたんだから」

　そう言って、彼女は意を決したように胸元にあるネックレスを握りしめた。

「私はその側にいてくれた人達のために戦うのよ。貴方も、ジアも、幸せになってほしい。そのためなら持てるものはすべて使うわ。これ以上あの子の場所を奪わせたりしない」

「オリヴィア……」

「だからヴュートは、とりあえず聖剣取ってきて」

「とりあえずって……」

　今すぐにでもフリージアを追いたいのに、《聖剣》なんて取りに行っていたら往復一か月以上はかかる。

「日輪の魔女が消えた今、聖剣を持つ者の発言は看過できないわ。舞台は私が用意するから、貴方はただそこに立ってくれたらいいのよ」

　そう言ったオリヴィアは、瞳の奥に決意を光らせ笑顔で僕を送り出した。

29、私にできること

「このブーツ、履いてみることってできますか？」

「あいよ、お嬢さん。山歩きにでも行くのかい？　それならこっちのミノタウロスの皮のブーツのほうが疲れにくいからおすすめだよ？」

賑わう市場の露天で目に止まったブーツを指差すと、愛想《あいそ》のいい女性が別のブーツも見せてくれた。

旅の行商人なのだろう。服や靴だけでなく、見たことのない柄の絨毯などまで所狭しと並べてある。

見ているだけで楽しいのだけれど、とりあえず目的の場所に向かって必要なものを揃えなければ。


「サタノヴァのあるケテラ国に行くんです。お姉さんは行かれたことあります？」

「やだね、お姉さんだなんて」

「そうだよ、お嬢ちゃん。うちの嫁はオバサンでいいんだよ」

「あんたはちょっと黙ってな！」

「あで！」

他のお客さんの相手をしていた旦那さんらしき人を小突きながら、女性はうーんと考えるように言った。

「サタノヴァねぇ。行ったことはあるけど、近くに魔素溜まりがあるから気をつけな。ちょっと遠回りにはなるけど、西に迂回《うかい》していくといいよ。それからケテラ国にいくのはいいけど、北のノーク村には近付かないほうがいい。あそこは〝見捨てられた地〟だからね」

そう言って彼女はとケテラ国の地図に「ここらが魔素溜まりだよ」と印を書いて渡してくれた。

「そういえば、サタノヴァ近くの村まで乗合馬車が出てるはずだから、あっちの広場で確認してくるといいよ」

「ありがとうございます。行ってきます」

「気をつけて行ってきな。帰りにはまた寄っとくれよ」

無事に帰ってきなよ、という意味を込めて旅人へ送る言葉に、「ええ、また」と笑顔で返し、私は広場に向かった。

「じゃぁ、お嬢ちゃん気をつけてな」

「はい。ありがとうございます」

あの日、祖母の助けで神殿を抜け出した私は《日輪の魔女》であることも公爵令嬢であることも捨てて旅をすることを選んだ。

今思えば、祖母が幼い頃から街に連れ出し、貴族が行かないような市場やいろんなお店に連れて行ってくれたことも、カルミアが来てからは、普通の令嬢なら使用人に任せるような身の回りの世話や家事を厳しく指導されてやらされていたことも、すべて「どこでも生きられるように」と願う祖母の必死の策だったのだろう。

実際そのおかげで私は今、平民に混じって旅をすることができている。

まあ、元々がお淑《しと》やかな令嬢じゃないし、持ち物やお金をどうしているかについては、ちょっとしたズルというか、仕掛けがあるのだけれど。


ブーツを買った市場を出てから、一週間後。宿に泊まりながら、何日かかけて乗合馬車の最終地点であるワウツ村に着いた。

ここワウツ村はサタノヴァに一番近い村であり、農業が村の主要産業ではあるが、サタノヴァ目的で来る旅行客もそれなりにいるそうだ。

旅人に優しい村で宿屋も多く以前は賑わっていたものの、最近は旅行客がめっきり減ったと先ほどの馬車の御者のおじさんが言っていた。

村に足を踏み入れてみると、なるほど確かに村というより街に近いほど建物が多いのに、通りに賑わいはなく閑散としている。

そのうちの一つ、商店らしき建物に年配の女性達が集まっているのが目に入る。

「ちょっと、また芋の値段上がってないか⁉　ひと袋千レニーなんてありえないよ」

「しょうがないじゃないか。うちだってギリギリでやってるんだよ。干上がってんだから、作物がまともに育たないんだよ！」

「あぁ、もう嫌になるねぇ」

そんな会話が聞こえ、驚きに耳をそばだてる。

ブーツを買った市場では芋はひと袋百レニーだったから、実に十倍だ。

袋に入っている芋の量は同じくらいに見えるから、やはり日照りによって相当打撃を受けているようだ。

家々の様子を眺めながら大通りを歩いていると、ツンツンとスカートの裾を引っ張られた。

「お姉さん、旅の人？　宿探していない？」

可愛らしい声に視線をやると、五歳くらいの男の子と妹だろうか、少し小さな女の子がいた。

「こんにちは。そうなの、宿を探しているんだけど、貴方達どこかいいところを知ってる？」

「知ってるよ！　僕のお家が宿屋なんだ！　ご飯が美味しいから来てよ！」

少年がぱぁっと顔を輝かせる。

「ありがとう。案内してもらおうかしら。私は……フ……ジアよ。よろしくね」

「僕はシャス。で、こっちが妹のシャナ」

シャナと呼ばれた女の子は、恥ずかしそうにサッとシャスの後ろに隠れた。

チラリとこちらを見上げながら、「こんにちは」と小さく言う姿が可愛くて思わず口元が綻ぶ。

視線を彼女に合わせるようにしゃがみ、「こんにちは」と返すと、そっと手を握って「……こっち」と照れたように俯きながら案内してくれた。


案内されて来たのは、大通りにある二階建ての建物だ。

ワインのモチーフの看板が掛けられたドアをシャスがバン！　と開けると、カランカランとドアベルが響いた。

「いらっしゃ……」

「母さん！　お客さん連れてきたよ！」

「いらっしゃいませ。……って、シャス！　シャナ！　あんた達無理やり連れてきたんじゃないだろうね！　まだ店を開くには早いんだよ！」

店内の掃除をしていた三十歳くらいの女性が箒《ほうき》を持ったまま言った。

「あ、あの！　丁度宿を探していたところに声をかけてくれたので無理やりではないです！　営業時間外でしたら出直して……」

勢いに気圧《けお》されながらそう言うと、「そうだそうだ」とシャスも言った。

「失礼しました！　泊まりのお客様でしたか。どうぞ入って下さい……」

「ありがとうございます。あの、それで、一泊したいのですが、お部屋は空いていますか？」

「空いてますよ。一泊一万レニーですが、夕食が不要なら八千レニーです」

以前泊まった宿よりも幾分か高いが、辺境の観光地と考えればここでは妥当な値段なのかもしれない。

「一万レニーで構わないので、夕食はこちらでお願いします。息子さんが『うちはご飯が美味しい』と勧めてくれたので」

そう言うと、シャスの母親は嬉しいような、困ったような顔をして「ありがとうございます」と笑った。

「お荷物お運びしましょう。あ、私はここの宿の女将《おかみ》をやってます、ケイトと申します」

私の荷物を持ち上げながら言ってくれた彼女に、慌てて挨拶を返す。

「ありがとうございます。あの、ジアと言います。よろしくお願いいたします」

「よかったね！　母さん久々の宿のお客さんだね」

「シャス！　あんたは本当に余計な一言が多いんだよ！」

「えー、本当のことなのに」

不貞腐《ふてくさ》れながら言うシャスに思わず笑ってしまう。

「ケイトさん、ここまで乗合馬車でくる道中で、御者の方から最近サタノヴァに来る旅人が減ったと聞いたのですが、やっぱり魔素溜まりが原因なんですか？」

「あぁ、ジアさんもサタノヴァに来られたんですね。そうなんです、最近魔素溜まりが大きくなってこの村にも影響が出ているもので……。宿もうちともう一軒ぐらいしか営業していないんです。それだけではなく、ここ数年……」

ケイトさんが気まずそうに言ったその時、バン！　と大きくドアが開き、身なりのいい金髪の男性が三人の兵士と連れ立って入ってきた。

「店主はいるか！」

「領主様！　お客様がいるんです。大きな声を出さないで下さい！　すぐ行きますから！」

ケイトはカバンをシャスに渡して、「ジアさんを一番奥の角部屋に案内しな」と言って私達に二階に上がるように指示をした。

「え……でも」

躊躇《ためら》う私の背中をシャスがぐいっと押す。

「ジアねーちゃん、いいから。母さんに任せて」

そう言って私は二階に押しやられた。

「ここがお部屋だよ。夕食は五時以降ならいつでも出せるから」

シャスはそう言って、私が持つと言っても渡してくれなかった荷物をよいしょとベッドの置く。

「六時過ぎると、男どもが帰ってきて騒ぐから早いほうがいいと思うよ」

「男ども？」

そういえば、村で若い男の人を見なかったなと思いながら、聞き返す。

「そう、今、魔物退治に男達が出ているから、帰ってきたらみんなで一杯飲みに来るんだよ。まぁ、一杯で終わらないけど」

「魔物退治？　村の人達が？」

一般人が魔物に立ち向かうなんて想像できず尋ねると、シャスがきょとんとする。

「え？　村の人がしなかったら誰がするの？」

「騎士団とか、領主の私兵とか……さっきも来てたでしょう？」

「ははっ！　何言ってるんだよ！　あの人達は領主を守っているんであって、僕達を守ったりはしないよ」

「ここの領主は何をしているの……？」

「え？　領主様？　偉いからってお金を持っていく人だよね？」

「何を言って……」

領主は領民を守るためにいる。

領民の暮らしが良くなるように。

領地が栄えるように。

そのために王から権力を与えられているのだ。


その時、ガシャーンと一階から大きな音が響く。

シャスとシャナの肩がビクリと揺れ、顔色が悪くなる。

「……私が下の様子を見てくるから、二人はここにいてね」

そう言って、カバンの中から道中にいくつか作った《紋》のうち、《加護の紋》と《癒やしの紋》のチャームをそっとポケットに入れる。

「あ、待ってよ！　ジアねーちゃん」

シャスが止めるのも聞かず、私はドアを出て、階段を降りた。

一階の酒場に降りると、壊れた椅子の横にケイトさんが倒れている。

「ケイトさん！　大丈夫ですか⁉」

「あ、ジアさん。すいません……」

反応があったことにホッとしたのも束の間、腫れた頬を見てざわりと寒気が背筋を這い上がる。

「女性になんてことをするんですか⁉」

「店主。客がいるんだ。金はあるだろう？」

私の言葉を無視して、身なりのいい男性はケイトさんにそう言い放つ。

「男爵様！　ですから何度も申し上げました通り、税金を払ってもう生活もいっぱいいっぱいなんです！　日照りが続いて作物も育たず、これ以上出せるものは……」

「だから、ワシから水を買えと言っている！　そうすれば作物も育って、払えるものも払えるだろう？　ワシだって国に上納金を納めねばならん。でないとワシのメンツが立たんだろう？」

『ワシから水を買う』……？

「買うも何も、元々あった川の流れをアンタが堰《せ》き止めて……！」

「あー、分かった分かった。買いたくないならそれこそ金を出すしかないだろう？　日輪の魔女に浄化の紋を作ってもらうには金がかかるんだ」

その言葉に身体がひたりと凍りつく。

「日輪の……魔女？」

思わずこぼれた言葉に、男爵と呼ばれた男がふんと鼻を鳴らした。

「貴様も旅人なら聞かなかったか？　一か月ぐらい前にウォーデン国に日輪の魔女が現れたんだ。それで今、各国がこぞって紋の作成依頼をしておるんだよ。我が領地も作成依頼をせねばならんからな」

そう言って、男爵はケイトを見下ろす。

「お前達のための紋を作成してもらうんだから、お前達に金を出させるのは当然だ。家族を危険な魔物退治に行かせたくはないだろう？　あぁ、ここはまだ小さい息子と娘がいたな。それを売りに出すか？　どちらか一匹でもいいぞ？」

「なっ！　やめて下さい！」

叫ぶケイトさんを尻目に、男爵はチラリと視線を二階に繋がる階段に向けた。

二階の階段から心配そうにこちらを覗いていた二つの小さな影を認めた男爵の目に宿る光に、ざわりと背中を不快なものが駆け上がる。

父と同じ目だ。

欲にまみれたその色に、思わず階段下に立ち塞がる。

「邪魔するな！」

男爵が側にいた護衛の兵士に何かを合図すると、一人の兵士が手を伸ばしてきた。

魔法を使って戦う？

けれど、それで一時追い払えたとしても、彼らの怒りを買うかもしれない。

そうなればケイト達に、もっと迷惑をかけてしまう。

迷っている間に腕をぐっと捕まれ、押しのけるように吹き飛ばされ……たと思ったけれど、
身体に痛みはなく、誰かに受け止められたことに気付く。

「大丈夫か？」

見上げると、ドアから差し込む光を背に、黒い髪、ダークブルーの瞳。

先ほどまでの恐怖ではない感情に心臓が早鐘を打つ。

――どうして、ここに。

「ヴュ……」

「ケイン！」

「「ケインおじさん！」」

「おう、今帰ったぜ。で、お嬢さんは大丈夫？」

「え、あ。ええ……。ありがとうございます」

よく見るとケインと呼ばれた男性はヴュートとは全然違う顔立ちで、髪は黒だけれど、瞳の色はダークブルーというよりも明るいブルーだった。

なぜ彼だと思ってしまったのか。

とっさに助けを求めてしまったのか。

……彼だったらいいと。

自分から逃げたくせに、自己中心的で未練がましい自分が嫌になる。

「で、男爵様は男どもがいない間に人攫いですか？」

ケインと呼ばれた男性がギロリと睨みつけると、その後に続くように「どうした？」「何があった？」と、ゾロゾロと十数人の男達が入ってきた。

「ば、馬鹿なことを言うな！　ワシは子供にも働かせろと言っただけだ！　アホくさい！　もう帰るからな！」

店内に入ってきた屈強な男達を見た男爵は慌てて出口に向かったものの、一歩外に出ると、くるり振り返りケイトさんを見た。

「次は金を用意しておけよ！　お前達も同じだからな！」

そう言って、男爵は周りの護衛兵士に当たり散らしながら帰って行った。

「すいませんね。お客様にこんなみっともないところをお見せして」

「そんなことないです。どうぞ、これで冷やして下さい」

腰掛けたケイトさんの頬に、そっと濡れたタオルを当てながらこっそりと《癒やしの紋》に魔力を通す。

「ありがとうございます。ひんやりして気持ちいいです。痛みも和らいできますね」

「よかった……。しばらく当てていて下さいね」

すぐに腫れが引いてはおかしいので、誤魔化すためにそう言うと、ケイトさんは小さく頷いた。

「姉貴。あいつらまた紋の作成のために金を出せって言ってきたのか？」

「そうよ。紋を作ったところで誰が動かしてくれるって言うんだか。今度は聖女だか使徒だかを呼ぶのに金を出せって言い出すに決まってる。前回だってそうだったろう？」

「今は俺達で魔物を抑えることもできてるんだ。今を生きるのが大変なのに、日輪の魔女なんかに金を払ってる暇なんてねぇんだよ」

その発言にホッとする自分を叱《しか》った。

誰もが《日輪の魔女》なんか求めていない。

求めてほしくないという、私の思いでしかない。

それは願望だ。

「前回というのは、聖女か使徒様の派遣が？」

「はい。つい一年前にケテラ国の西にあるマールカス国から領主様が聖女様を呼んだのです。でもその時はこの村にある浄化の紋が壊れていて使えないと、雨乞いの紋を使われて……」

「日照りは去年から？」

「うーん……。年々ひどくなっているといったほうがいいでしょうか。それで我々はあの山の向こうにある魔素溜まりの奥の川まで水汲《く》みに行っているのですが、効率が悪くて」

ケイトさんは窓の外の山の向こうを指差した。

ふうと、大きなため息をついたケインさんが苛立ったようにガシガシと頭を掻く。

「俺達は元々あんなに遠くまで行ってなかったんだ。川は近くにあるし、それなりに日照りが続いても大きな湖があってそこから水を引いていたんだ」

「湖が干上がったのですか？」

「ハッ。違う違う。領主があの湖は自分のものだと言って川への流れを止めやがったんだよ。水が欲しけりゃ購入しろってな。俺達は何代にもわたってずっとあの川を利用していたのに」

川の水を堰き止めるなんて、どういう思考回路をしていたらそうなるのか。

領民を苦しめて、自分だけ利益を得ようだなんて。

領地の繁栄と反対方向に走っている。

「で、仕方なく魔素溜まりの向こうにある川に水汲みに行くしかないんだよ。それでも足りない分は男爵から買うしかねぇ……。結局雨乞いの紋で馬鹿みたいに儲《もう》けたのは数日の雨で湖の水嵩《みずかさ》が増えた領主だけだろ。俺達は二日三日雨が降った程度じゃどうにもなんねぇ」

ケインさんはぎりっと歯を食いしばり、手が白くなるほど握りしめている。

「……日輪の魔女に紋を作ってもらうと言っていましたが、それは確約されたものなのでしょうか？」

「知らねぇ。お偉方のすることなんざ下々の人間には詳しく教えてもらえやしねぇからな」

「でも、現状を見に王都から使者が来ると言っていたわ。日輪の魔女にどこの領地に紋を作ってもらうのか優先順位を決めるんじゃないかしら。紋が必要なところはたくさんあるでしょうし」

「でもよ、優先度で言ったらやっぱり一番北のノーク村じゃないか？」

「ノーク村……」

実はそこが私の本当の目的地で、サタノヴァは通過点に過ぎない。

「あら、ジアさんご存知ですか？」

「ええ……」

「姉貴、有名に決まってるだろ？　〝見捨てられた地〟だぜ？　俺達ですら近寄らない」

「私が旅の道中聞いたのは数百年紋が壊れたままで、魔物が蔓延《はびこ》りもう誰も近寄らないと……」

「そうですね。この村の人間もそう認識しています。人がいるのかすら分からないですからね。本当に稀《まれ》にそちらに向かう人もいますが……その後はどうなったのか知らなくて……」

「そうですか……」

「ノーク村もあの男爵の管轄だけど、管理してるのか放置してるのか分かったもんじゃねえよ」

確かにケインさんの言う通り、あの男爵はまともに管理していない気がする。

管理していれば『見捨てられた地』だなんて呼ばれることはなかっただろう。

「ま、いいや。とりあえず今日は晩飯にして、明日に備えようぜ。また水汲みだ」

やれやれとケインさんが伸びをしながら言った。

「あの！　その水汲み、私も連れて行ってもらえませんか？」

私は現実を知る必要がある。

《日輪の魔女》の力を持ちながら、その役目を投げ出した結果、何が起こっているのか。

知らないふりをして生きていくことが許されるなんて思っていない。

「いやいや、ジアさん……だっけ？　山場に慣れていない人を連れて行くわけにいかないし、俺達も川までの道中、魔物退治であんたの護衛まで手が回らねぇから」

「私、結構魔法が使えるので護衛の必要はありません」

《加護の紋》もあるし、万が一のために作っておいたいろいろな《紋》が使えるかもしれない。

「魔物はどんなものが出ますか？」

「あ？　たいしたのは出ねぇよ。熊の魔物や猪《いのしし》の魔物。でかいのはもっと奥にいるからな」

熊や猪の魔物でも、十分強い。

生命力も、スピードも、力も野の獣の二倍は強いと言われている。

「魔法が使えるって、どの程度？」

「火炎系なら業火の紋、水系なら氷壁の紋を紋なしで展開できます」

ヴュートみたいに、《紋》なしで三つも展開はできないけれど。

あれは相当の魔力量と技術を要するものだから。

「な……っ。あんた、貴族か……」

彼の反応は当然だ。

基本的に魔力は王族に近しい高位貴族ほど高い傾向があり、さらに貴族だからこそ魔法の勉強に時間や費用やかけられるのだ。

高価な本をたくさん読めて、実際に魔法に触れる機会も多い貴族に対し、平民には文字が読めない人も多いし、日常生活に必要な魔法を少し使えるぐらいしか学ぶ機会がないと聞いた。

「元……ですけどね。ウォーデン国立アカデミーにも通っていましたから」

「……分かった。それだけ使えるんなら十分な戦力だな。明日、朝迎えにくるよ」

「ありがとうございます」


翌日、同行させてもらった水汲みは思った以上にハードなものだった。

そして、騎士でも兵士でもない平民の人達が魔物と本当に戦っていたことに驚いた。

魔素溜まりの近くにあった、壊れているという《浄化の紋》の横を通り過ぎ、大きな川の岸を全員で協力しながら進んでいく。

男性は魔物と戦い、女性はその間に川まで樽《たる》などを運ぶ見事な連携プレーに、魔物の特徴を捉えた誘導。魔物に怯えるでもなく、慣れた様子で川まで行き、水を汲んだ帰りも完璧な役割分担だった。

「皆さん、慣れてらっしゃいますね」

そうケインさんに言うと、「まぁ、毎日こんなことやってりゃな」と笑う。

「こうなるまでに犠牲もたくさん出てるが……今じゃそこら辺の騎士や兵士には負けないつもりだぜ」

ケインさんの言葉は決して過大評価ではなく、本当にウォーデンの兵士達となんら実力差はないだろう。

毎日のこととして淡々と処理していく様は、むしろウォーデンの騎士達よりも上かもしれない。当然、私の出る幕はなかった。

「それに魔物の肉もちゃんと下処理すれば美味《うま》く食えることが最近分かったから、作物がとれない今、みんな意気揚々と涎垂《よだれ》らしながら狩りしてるぜ」

「魔物のお料理がここの名物になりそうですね」

荷台に山と積まれた本日の獲物達が、ジアさん、美味しそうに見えてくる。

「観光客が戻ってくれればな。あ、このまま水を畑に運ぶんだけどいいかな？」

「ええ、もちろんです」

樽を乗せた馬車は来た方向とは別の道に向かい、ひらけた土地に向かって進んでいく。

「……足りませんね」

視界いっぱいに広がる小麦畑にポツリとこぼれた私の言葉に、ケインさんが右の口角だけ上げて笑った。

「だろう？　でもこの量の水を男爵から買おうと思ったら馬鹿みたいに高いんだぜ……。まぁ足らない分は買わざるを得ないけどな。それでも収穫できる小麦の量は知れてる」

弱々しい苗に、乾いてひび割れた土地。どう見ても、豊かな実りが期待できるようには見えなかった。

「おい、ケイン。あの男爵と一緒にいるのって、昨日ケイトが言ってた王都の視察官じゃねぇか？」

横を並走していた男性が道の前方を指差すと、そこに数人の人影があった。

「あぁ。本当だな。神官も一緒じゃないか？」

「まぁ、紋に関することなら神殿の管轄でもあるだろうさ」

「畑の様子を見てるみたいだな」

〝神官〟という言葉に身体が強張る。

大丈夫。

私を追ってきたわけじゃない。

そう自分に言い聞かせながら、男爵達の横を通り過ぎる際にちらりと神官の顔を確認し、見知らぬ顔だったことに安堵する。

彼らはこちらに軽く視線を寄越すと、また畑に目をやり、会話を始めた。

「それで、今年も水不足で収穫量がかなり厳しいかと」

「確かに、これでは払える見込みはなさそうだな」

「領民も紋のために資金を……」

遠ざかりながら聞いた彼らの会話に違和感しかなかった。


その宿に帰り、違和感についてケイトさん達に話をした。

「領主に浄化の紋を作る気はないだと？」

眉間に皺を寄せ、怒りを滲ませた声でケインさんが私の言葉を繰り返した。

「ええ。視察官の方々がどうお考えかは分かりませんが、少なくとも男爵様は作る気はないと思います」

「なんでそう思うんです？　実際視察に来ていたんですよね？」

ケイトさんも首を傾げながら疑問を口にした。

初めに疑問に思ったのは『壊れた』と言っていた《浄化の紋》が壊れていなかったからだ。

確かに《紋》が刻まれた石は少し欠けていたが、決して効果が発揮できない状態ではなかった。

興味があるふりをしてほんの少しだけ魔力を通すと、きちんと反応を示した。

けれど、それを言うわけにはいかないので、他の理由を伝える。

「彼らがもし本当に浄化の紋を作るつもりであれば、少なくとも魔素溜まりの現状を確認しにいくと思うんです。けれど、視察団の人達が見ていたのは乾いた畑だけ。もし、あの後魔素溜まりを見にいくとしたら、護衛の人数があんなに少ないなんて考えられません」

「確かに……あいつら護衛が五人ぐらいしかいなかったな」

「じゃあ、なんの紋を作ってもらうつもりなわけ？」

ケインさんとケイトさんが顔を突き合わせて訝しげに首を傾げている。

本当に私が……《日輪の魔女》が《紋》を作ってくれると信じているのかしら？

知らなかったとして、集めたお金は戻ってくる？

もし、知っていたならば――。

自分のあずかり知らぬところで、利用されるなんてと怒りが湧いてくる。

「ケイトさん、ここから王都までと、男爵邸のある場所までどれくらい時間ががかります？」

「え？　王都なら三日ですかねぇ。男爵邸のある町までは……多分二時間ぐらい？」

「そうですか」

それなら彼らの護衛の人数を考えると、一旦は男爵邸に行くだろう。

「ケインさん、視察団の方がこの村を出るのを事前に教えてもらうことってできます？」

「え？　まぁ男爵邸のある町に続く道は一本道だから、それは別に難しいことじゃないけど、どうするんだ？」

「ちょっと、話を伺おうかと」

にこりと彼を見ると、「話なんてしてくれるとは思わねぇけどな」と言いながらも、近くにいた年若い少年に視察団の動きを見てくるように指示してくれていた。

「ジアさん、あいつらそろそろ村を出るってよ」

一階の食堂でシャスとシャナと遊んでいると、ケインが声をかけてきた。

窓の外を見ると、あと二時間もすれば日が沈む頃だ。

日が沈むまでに帰りたいだろう。

「ほら、窓から丁度そこの大通りを馬車に乗って移動してるのが見える」

「あぁ、本当ですね。ありがとうございます」

猛暑に窓を全開にしているおかげで、使者に媚びている男爵の顔がよく見えた。

目を閉じ、空中に《紋》を描く。

「ジ……ジアさん？」

「おいおい、なんの紋だよ」

彼らに応える余裕などなく、魔力を集中する。

この《紋》は《日輪の魔女》だけが作れるものではないことは確認済みだ。

初めから終わりまで、順序を間違えることがないように。

均一に、魔力が流れるように。

一つの《紋》が繋がり、自分の魔力をそこに注ぎ込む。


ふと、窓の外が陰る。

「「え？」」

ザァァアアアという音と共に雨が降りだし、空に光が走った。

「あ、雨⁉」

ケインさんもケイトさんもこちらを信じられないものを見たかのように見つめている。

「ジアさん、あんた。これは……雨乞いの紋か……？　まさか、聖女……」

「いいえ。雨乞いの紋ではなく、雨の紋です。雨乞いの紋に比べて範囲も圧倒的に狭く局地的なもので、雨の持続時間も三十分ほどしかありませんから、彼《か》の紋とは比較になりません。日照りの続くこの土地の改善に繋がるものではないですね……」

「そうですか……」

一瞬期待に満ちた瞳に落胆の色が宿り、申し訳ない気持ちになるが、《紋》の力でこの地をどうこうするつもりはない。

もっと根本的なことをなんとかしなければならない。

「ケイトさん、お迎えの準備をして下さいね」

「え?」

きょとんとしたケイトさんの返事と同時に、カランカランと勢いよくドアベルの音が鳴り響いた。

「おい、店主! 部屋を用意しろ!」

男爵の苛立ちの声と同時に使者と神官、護衛の人達も、濡れながら店になだれ込んできた。


雨は三十分でやみ、少し空も暗くなっていた。

「おい、食事の準備をしろ」

二階の客室から着替えを済ませた男爵達が降りてきて、ケイトさんに声をかけた。

「すいません、今満席で。席が空きましたら声をおかけしますんで」

ケイトさんの言葉に、男爵は苛立ちを隠そうともしない。

「ふざけるな! 視察官様は村のためにわざわざ来て下さっているんだぞ。しかも雨のせいで街道がぬかるんで馬車が通れず、仕方なくこんなボロ宿に泊まってやるというのに……」

「あの、私。移動しますのでこちらの席どうぞ」

店内の端のテーブルに座っていた私が食べていたお皿を持って立ち上がると、ケインさんがどうぞと、自分の隣の一つ空いた席を示してくれた。

空いたテーブルについた男爵達は食事に酒の注文を始め、あっという間にテーブルは豪勢な食事で埋まった。

男爵は「安物だな」と言いながらもワインをすぐにひと瓶空け、顔が赤くなり始めている。

実は事前にお願いして、ワインに強いお酒を混ぜてもらっておいたのだ。

「日照りと聞いていましたが、雨は降っているのですね」

「いえいえ、ダンテス殿。本当に珍しいことで私も驚きました。おかげで雨に対する準備をしておらず、こんな宿に足止めしてしまい誠に申し訳ありません」

男爵は王都からの視察官らしき人に慌てたように謝罪をする。

ダンテスと呼ばれた男はえらく真面目そうで、男爵に酒を勧められるも、「私は酒が苦手だ」と言って淡々と食事をしていた。

「神殿のほうにもこちらの日照りが年々悪化していると報告が来ていますからね。男爵様も大変でしょう」

白髪の神官は言葉こそ丁寧だが、なんとも言えない胡散臭さを漂わせている。

「けれどご安心下さい。日輪の魔女様に紋を作ってもらえれば、きっとこの村も以前のように活気を取り戻せることでしょう。他の土地も視察に回りましたが、こちらの優先順位が高いかと」

「おい、お前達聞いたか⁉　これでひと安心だな」

上機嫌な男爵は店内にいた人達に得意げに言うが、誰もが疑いの目で彼を見ていた。

私はカウンターに行き、注文した上等なワインを持って男爵の席に向かった。

「お注ぎしても？」

にこりと言うと、男爵は下から上まで舐《な》めるように視線を這わせる。

「お前は昨日の昼間の女か。あの時は薄暗くてよく分からんかったが、この村に似合わんいい女じゃないか」

男爵は酔いが回っているのか、顔を真っ赤にしてグラスを突き出した。

「ええ。この村に初めて来たのですが、サタノヴァに行ってみたくて旅をしているんです」

男爵は「まぁ、横に座れ」と席を勧めてきたので座った。

そっとポケットにしまっていた《紋》に触れ、男爵に問いかける。

「ところで、ウォーデン国に現れた日輪の魔女は行方不明になったそうですが、誰が紋を作るのですか？」

「「なぜそのことを……！」」

声を揃えて反応した神官と男爵に、視察官がギロリと視線を向ける。

「この女性が言っていることは本当なのか!?」

「え、あ。そんな噂があると言うだけで……」

視察官を誤魔化そうと神官が言ったところで、触れていた《真実の紋》に魔力を通した。

《真実の紋》は、話が本当かどうか確かめるための《紋》だ。

対象者は嘘偽りのない〝真実〟しか話せなくなる。

多くの領民達の前で洗いざらい話してもらおう。

「ご存知ではなかったのですか？」

「いや、知っていたとも！」

「男爵!?」

信じられない、という目で神官が男爵を睨みつけた。

酒場にいた人達の視線が集中し、シン……と静まり返る。

「まぁ！　ご存知だったのならなぜ領民からお金を集めていらっしゃったのですか？」

「それは、当然その金を手に入れるためよ！　金を集めた後は、結局紋を作ってもらえなくなったと公表して、この金は魔物討伐に使うとでも言って適当に兵士の派遣でもしておけばいい。浮いた金は私と神官殿で分けるという算段よ」

顔を赤くしながら、酔っ払った顔で言う男爵は虚《うつろ》な目で、けれど得意げに言葉を紡ぐ。

男爵は強いお酒も手伝って、自分が何をしゃべらされているのか分かっていないのかもしれない。

「男爵様！　な、何を仰るのか！　酔っ払うのもほどほどにして下され！　ダンテス殿、彼は酔ってるようで……」

真っ青な顔をして、チラチラと窺《うかが》うように視察官を見る神官を無視して、私は話を続けた。

「そもそも、日輪の魔女が見つかった時点で、なんの紋を作ってもらうようにご要望を出されたのですか？」

「それはもちろん、雨乞いの紋に決まっているではないか」

「昨日までは浄化の紋と仰っていませんでしたか？」

「あぁ。浄化の紋はまだ使えるから、わざわざ頼む必要はない」

「浄化の紋が使えることはご存知なのですね。でも、一年前は浄化の紋が使えず、雨乞いの紋を他国の聖女に依頼したと伺ったのですが。領民の方の勘違いですか？」

酒場にいた人達はだんだんと距離を詰め、怒りを宿した目で男爵を見つめている。

「いやいや、最初から雨乞いの紋を依頼したに決まっているであろう？　浄化の紋より費用もはるかに安く済むしな」

《浄化の紋》のためと言ってお金を集めたのは計画的な嘘だったのだ。

「つまり、ご自身の所有する湖の貯水のためだけに聖女を呼び、その費用を領民に負担させたと？」

「その通りだな。こちらの神官殿と分けても大層な利益になったわい」

「おい！　衛兵、この女を追い出……！」

神官が近くにいた兵士に指示を出そうとすると、視察官がそれを止める。

視察官は怒りに震えているのか、お酒を飲んでいないはずなのに顔が真っ赤だ。

「最後に一つだけ……。男爵様が川の水を堰き止めて領民から搾り取ったお金……利益は国に報告されていらっしゃるのですか？」

そう尋ねると、男爵は何を馬鹿なことを聞くんだという表情でこちらを見た。

「するわけなかろう！　報告してしまったらせっかく得た利益が水の泡ではないか。当然穀物と、観光の収入しか報告しておらん」

「なんだと！　国に嘘の報告をあげていると言うのか！」

ガタン！　と勢いよく立ち上がった視察官の後から、領民達も詰め寄る。

「ふざけんな！　お前が俺達からいくら金を巻き上げたと思ってんだ！」

「そうだ！　金も作物も取り上げて！　どれだけ苦しい思いをしたと……！」

「俺の兄貴は、水汲みのために魔物退治に参加して死んだんだ！　全部お前のせいじゃないか！」

怒りに声を荒らげる領民達に対し、

「へへへ、そんなのどこの領地でもしていることじゃないか」

笑いながら言った男爵に、視察官は言葉を失い、領民達の怒りはさらに高まった。

「どこも……ですか。私はウォーデンの出身ですが、民を苦しめ自分の利益のためだけに国を謀《たばか》る領主など厳罰に処されてましたが……。ケテラの王も中央の方も大変お心が広いのですね」

『王もその周りも、地方領主の悪行を見抜けない間抜け』

言外にそう言ったのが分かったのだろう。視察官は拳を握りしめ、後ろにいた兵士に何か指示していた。

男爵は酔いも回り、《紋》によってペラペラと喋らされた内容を覚えてないかもしれないが、調べればすべて裏が取れるだろう。

いつから水が堰き止められていたのか。領民を騙し、どれほどの利益を得て私腹を肥やしていたのか。そしてどれだけ国をコケにしていたのか。すべて暴かれることだろう。

《真実の紋》に流していた魔力を止め、男爵から離れる。

「あ、あの……。視察官殿。男爵の言っていることは根も葉もないことばかりで、私が関わっていることなど……」

「神官殿、それも調べればすべて分かります。おい、お前達。神官殿と男爵を部屋に連れて行って見張っていろ。それから王都に早馬を出せ！　早急に男爵領の不正疑惑を徹底的に調べるように」

「し、視察官殿……！」

「神官殿……万が一にでも国王陛下の顔に泥を塗ったなどということがないよう、私は女神に祈っておりますよ」

足元のおぼつかない男爵と喚く神官が兵士達に二階に連れて行かれるのを見送って、視察官がこちらに向き直る。

「君は、日輪の魔女がいないことを知っていたのか？」

真面目そうな瞳の奥に疑いの色が浮かんでいる。

「ええ。私はウォーデンから来た者で……アカデミーの知り合いから聞いたものですから。私が知っていて神官様が知らないなんておかしいと思ったんです」

《日輪の魔女》や《聖女》に関しては、各国の神殿が窓口となっているはずだ。

知らないどころか、むしろ捜索の連絡が来ていてもおかしくない。

「なるほど。ウォーデンのアカデミーには各国の聖女や王族もいるというし、日輪の魔女も在学していたそうだな………。それで、先ほどの話ぶりからすると君はあの浄化の紋が使えることは分かってたのか？」

「……はい。あの程度の欠け具合で紋が使えなくなるとは思いません。使えないと言われて信じるのは、魔法を使わない人達だけかと」

ケインさんもケイトさんも魔法を使わないことは分かっていた。

もし一つでも使えるのなら戦闘で使うだろうけれど、魔物との戦いで誰一人として魔法を使っている人はいなかった。

魔法を学んだことのないケインさん達は、紋様が使えるものか使えないものかの判断などできない。けれど……。

「貴族である男爵様があの紋を使えないと判断するとは思えませんし、もし本当にそう思っていたのなら、それはそれで魔法や紋に関する知識が不足しすぎていて、領主になるに値しない人間だと判断しました」

「そうか……。値しない人間か……」

ふっと自嘲気味に笑った視察官は「騒がせたな」と言って二階の客室に向かった。

＊　＊　＊

「シャナ！　ジア姉ちゃん！　見て見て！　流れ星！」

「本当だ。願いごと願いごと！」

「あー……消えちゃった」

私はシャスとシャナ、ケイト、ケインと一緒にサタノヴァに来ていた。

男爵に《真実の紋》を使ってから三日。視察官の動きは早かった。

翌日には男爵が堰き止めていた川に水が流れるようにし、早々に領主の代役も据えられた。

ケインさんはじめ村の人々も水汲みから解放され、多少余裕ができたようだ。

私が明日村を離れると話すと、サタノヴァに案内してくれるというのでお言葉に甘えて魔素溜まりを避けていける道を案内してもらっていた。

星空鑑賞のお供は、私の手作りハムサンド。

遠回りの道のりだからお腹が空《す》くだろうと思って用意したのが大正解で、シャスもシャナもたくさん食べてくれた。

「本当にノーク村に行くのか？」

ケインさんがハムサンドを片手に空を見上げながら気遣わしげに尋ねてくる。

「ええ。元々そこに行きたくて来たんです。アカデミーで魔法学を専攻していたので、歴代の日輪の魔女が残したという紋が見たくて」

「そうか……でもあの土地は強大な魔物が多いと聞いている。それこそ、こないだ退治した魔物とは比べ物にならないかもしれない」

「それでも、私は行かないといけないんです」


〝見捨てられた地〟は、本当に《紋》が使えなくなったせいでそうなっているのだろうか。

今まで疑ったこともなかったけれど、今回ワウツ村を見て疑問が湧いてきた。

ノーク村もワウツ村のように、人災によって見捨てられた可能性はないのか。

「……ノーク村にある歴代稀に見る大きな石造りの紋ってやつか？」

「ええ。昔教科書で見たものの、本物が見たくて。でもサタノヴァの夜空もずっと憧れていたので、みんなと来られて幸せです」

空いっぱいに広がる星。

地面に寝転がれば、視界は星空で埋め尽くされ、自分が空に溶けてしまうのではないかと思う。

けれど、自分が口にした『幸せ』という言葉は、どこか嘘くさいと感じてしまった。

楽しい天体観測のはずなのに、心に靄《もや》がかかったように感じる。

あの日、ヴュートが『一緒に行こう』と言ってくれた時。

一瞬でも夢を見てしまった。

彼と二人で、この満天の星を見てみたかった。

気分を晴らそうとハムサンドを口にするも、思い出してしまうのはヴュートの作ってくれたサンドイッチ。

遠くへ逃げても、どれだけ忘れようとしても、ヴュートの姿が頭から離れない。

優しく私を呼ぶ声を思い出す度に、胸が苦しくなる。

つんと鼻の奥が痛くなり涙が滲んだ。

ふと視線を感じ、横を見ると、心配そうなケインさんと視線がぶつかった。

「ノーク村に行ったらまたここに戻ってくるのか？」

「え？」

「いや、行くあてがないなら、いつでもここに戻ってきてくれていいんだぞ？」

「あ、ケインおじさんがジアねーちゃん口説いているー！」

「おい！　シャス！」

暗がりでも分かるほどケインさんの顔が赤くなっているのが分かる。

「いや、うん。まぁ、シャスのいう通りなんだが。……初めて会ったあの日。男爵や兵士相手に、子供達を守ろうとしてくれた時から多分惹かれてた。魔法だって、雨の紋だっけ？　あんなすごいのが使えたら簡単にあいつらのことも追い払えただろうけど、そうしなかったのはきっと俺達のことを考えてくれたからだろうし。………それに、男爵が本当のことを話したのも、何かしてくれたんだろ？」

「何かって……」

思わず身体が強張《こわば》った。

「ちょっと酔ったぐらいであんな簡単に本当のことをペラペラ喋るようじゃ、今まで十何年も男爵なんて地位にはいられなかっただろうってことぐらい俺にも分かるよ」

返答に困っていると、ふっと柔らかくケインさんが笑った。

「言えない魔法を使ってくれたんだな」

その笑顔に何も言えなくなる。

「初めて会った俺達なんかのために、ジアさんがしてくれたことに感謝しかないよ。……こんな強くて優しい人、好きになるなってほうが無理だぜ」

にかっと笑ったケインさんの言葉に涙が溢れた。

違う。

彼らのためにやったのではない。

自分が逃げたことの重さを抱え切れず、罪悪感を拭おうとした。

そして、私を……《日輪の魔女》を理由に儲けようとしていた人間に父を重ね、怒りと憎しみが抑えられなかった。

彼らのためになんて……。

「違います……。違うんです。ごめんなさい。私の自己満足で……、貴方にそんなふうに思ってもらえるようなものじゃないんです」

苦しい。

《日輪の魔女》であることから逃げたのに、結局《日輪の魔女》の力を使っている自分を醜《みにく》いとすら思ってしまう。

「……心の中は違うかもしれないけどさ、それでも俺達が救われたのは本当だから。俺の好意は受け取らなくてもいいから、『ありがとう』は受け取ってよ」

「ケインさん……」

滲む視界の中で、ケインがくれた優しい言葉に申し訳なさでいっぱいになる。

無意識に、左手に嵌めたままの指輪に触れた。

「はいはい、ケインももういいだろ？　恩人を困らせるんじゃないよ！」

「姉貴〜……」

ケインの少し情けない声に、ケイトがため息をつく。

「ジアさんの婚約指輪には気付いてたんだからもう諦めな。ほんとすいませんね、ジアさん」

「いえ、そんな」

もうこの婚約指輪をつける資格なんてないけれど、お守り代わりと言い訳してでも持っていたかった。

未練がましいと分かっていても。

いつか自然と外せる日が来るのだろうか。

「いい男ですか？」

ケイトさんがイタズラっぽい目をして尋ねる。

「！　……ええ。私にはもったいない人です」

優しくて、強くて、自分を犠牲にしても、誰より私を一番想ってくれた人。

夜空を見上げれば、彼の瞳と同じ色が視界を埋め尽くす。

思わず、口元が綻んだことに気付きもしなかった。

「あぁ〜！　ダメだこりゃ。ケイン、あんたの付け入る隙は毛ほどもないから諦めな」

「なんだよ、姉貴！　言われなくても分かってんよ！」

「あはは！　ケインおじさん振られたー！」

「おじさん……振られた」

「シャナまでひどいこと言うなよー！」

明るく笑い飛ばしてくれたケインの声と共に、私の心のモヤモヤも夜空に溶けていった。

30、見捨てられた地

「すごい……！　本当にこんな場所があったのね」

ワウツ村を出てから二週間旅した先に、ノーク村はあった。

神殿から逃げ出してからあっという間の二か月。

朝日が昇る前に宿を出て、辿り着いた目の前に広がる景色にため息が溢れた。

夜明け前の薄闇の空気はひんやりと澄み、まだ少し星が瞬《またた》く空を背景に靄がかかり幻想的な風景が広がっている。

頭上の大きな滝からさらさらと顔にかかる飛沫《しぶき》に、あの夜から心に引っかかっていた何かが洗い流されて行くようだ。

滝壺《たきつぼ》の側には大きく破損した石造りの《浄化の紋》があり、かなり前から使用できなかったのだろうと推測できる。

「こんな大きな紋をどうやって作ったのかしら。……私にはこんなもの到底作れないわ」

呟きながらそっと両手で《紋》に触れ、魔力を流してみたが、やはり使えそうにはなかった。

小さくため息をつくと、視線は自分の左手にある婚約指輪に吸い込まれる。

「これでよかったのよね……」

――あの日、ヴュートが神殿から離れた後、部屋に来た祖母に赤い革張りの本を渡された。

「……これは？」

「私が貴女から隠していた日輪の魔女のみが作れる紋一覧です。……私達が生み出すことのできる紋と、そうでない紋の違いに貴女も少しは気付いているのではないの？」

「そうですね。なんとなくは……」

「確認してみなさい」

そう言われてぱらりと捲った中にあったのは、《浄化の紋》や《加護の紋》、《癒やしの紋》、《真実の紋》、《恋の紋》……。

「これは……想いですね」

「そうよ。日輪の魔女は想いや、願いを紋にできるの。一般的な魔法で使える紋は、火、水、光、風や土、金属など物理的な属性を持つものだけ。感情や女神への祈りに関するものは作れないの」

「なぜ、今この本を……？」

「これから必要になるからですよ」

この先、《日輪の魔女》としてこの神殿で生きていくなら、この本に書かれた《紋》をいくつ作ることになるだろう。

日々、《紋》を作るためだけに生き、神殿の中で老いていく自分を想像して背筋を震えが走る。

「ここを出たら必要になるでしょう？」

「え……？」

「もし、貴女が本当に自由を望むのなら、私のしてきたことを無駄にしないで……ほしいの」

そう言って、カバンの中から出した『ガイゼル旅行記』を渡される。

ボロボロになったそれは、幼い頃祖母からもらったもの。

回帰した時、もう一度自分の人生に夢を見ようと本棚から取り出したものだ。


「貴女に……夢を託してもいいかしら」

そう呟いた祖母の笑顔は、幼い頃の記憶と変わりない優しいものだった。

「お祖母様……」

ぎゅっと祖母を抱きしめると、懐かしい香りに包まれる。

しかし、祖母が抱きしめ返してくれることはなかった。

「……私には貴女を抱きしめる権利はないわ……」

「じゃあ、代わりに私がいっぱい抱きしめます。たくさんたくさん、抱きしめます。私、カルミアに言いましたよね。『全部、返してもらう』って。……だから、お祖母様も……帰ってきて……下さい」

抱きしめている祖母の身体が震えている。

幼い頃、膝の上に座って旅行記を読んでもらったその腕の中は、大きくて温かかった。

けれど、今私の腕の中にある祖母の身体はこんなにも細い。身長は私より低く、見上げることはもうない。そのことが、胸を締め付け、声を震わせた。

「私のためにしてくれたことで自分を責めないで。それが……お祖母様にとって最悪の手段だったのだとしても。貴女に守ってもらった私が言える立場ではないけれど……こうして今、お祖母様を抱きしめていられることが、すべてだと思うの」

「フリージア……」

お祖母様の涙が私の胸元を濡らしていく。

ぎこちなく私を抱きしめ返してくれた腕は、あの頃と変わりなく温かかった。

「――それで、ヴュート殿はいつ迎えにくるの？」

昂った感情が少し落ち着いた頃、ベッドに二人腰掛けながらお祖母様が言った。

「さっき……気付いていたんですか？」

「？　いいえ。ヴュート殿ならきっと貴女をここから連れ出すだろうと思っただけよ。貴女達がここを出る前にと思って急いで来たんだけど……実際は一足遅かったみたいね」

　クスリと笑う祖母に目を見開く。

「どうしてヴュートが来ると思ったんですか？」

「貴女が彼にどれほど想われているかなんて、一目瞭然だもの。貴女に向ける視線も、声も、表情も、すべてが優しいわ」

　その言葉を嬉しく思うと同時に、祖母には本当のことを言わなくては……と思う。

「神殿からは、私一人で出ます」

「え？」

「ヴュートは……きっと、私のためにすべてを捨ててくれると分かってます。私がここにいる限り、必ず外の世界に連れて行こうとしてくれる。でも、私だって彼のために何かしたい。彼のすべてを奪うだけの存在にはなりたくない」

　彼の夢は《英雄》という騎士の最高峰。

　本来なら二年先、《聖剣》を手にしていたはずなのに、私が神殿に残っても、ここから二人で逃げても、その夢は二度と掴めない。

ヴュートには、本来手に入れるべきだった《聖剣》も、公爵として約束された未来もある。

私はここにいても、いなくても、彼の足を引っ張るだけだ。

私のために、彼だけそんな犠牲を強いることなんてできない。

たとえ彼がそれでいいと言ってくれても……。

「貴女の思うようにすればいいわ」

そう言って祖母はもう一度、先ほどの《日輪の魔女》の《紋》の本を膝に乗せた。

「……徹底的に教え込んだのよ。貴女が一人でも生きていけるように。人前で紋を使う時は必ずこれで確認して。日輪の魔女と知られることのないように気をつけなさい。それから……お転婆も、ほどほどにしないと……ね」

涙で濡れた頬に優しく触れた祖母は、あの頃と同じ優しい瞳をしていた。

「今まで……ありがとうございました……」

そうして、私は《紋》を駆使して、夜の闇に紛れて神殿を出て行った。


――そんなことを思い出しながら指輪を見ていると、お腹が鳴った。

「感傷に浸っていても、お腹は空くものなのね」

ため息と共にそう愚痴をこぼしながら、ここ数日滞在している宿に足を向けた。

「あら、おかえり。ジアちゃん、見たいものは見られたかい？」

宿の玄関を開けると、食堂の奥にある厨房から朝食を準備している女将さんに、笑顔で声をかけられる。

「はい、空気も美味しかったし、とてもいいお散歩になりました」

「あはは。朝早くから、今はもう使い物にならない浄化の紋を見に行こうだなんて変わってるね。まぁ、こんな辺境の地に来るような人はみんな変わり者か」

「そうかもしれないですね」

ここノーク村はケテラという小さな国の端にある村で、女将さんの言う通り旅人もほとんどいない辺境の地だ。噂では魔素が蔓延《まんえん》し魔物が跋扈《ばっこ》していると聞いていた。

名乗るつもりはなかったけれど、何かできることがあればと思い、ここに足を向けたのだ。

しかし――

「魔物がいなくてつまんなかったかい？」

「え？」

イタズラっぽく言った女将さんのその言葉に思わず固まってしまう。

確かに、見にいった《浄化の紋》は壊れて使い物にならなかったが、予想外にも魔物に出くわすことはなく、魔素溜まりもほとんど見受けられなかった。

「ほら、ここはさ、〝見捨てられた地〟って言われてるだろう？　紋は壊れ、資金のないこの国に日輪の魔女が来たのはもう五百年も昔だと聞いている。おかげで自分達でなんとかするしかなかったからね」

女将さんの言葉通り、村には自衛の機能が備わっていた。

村をぐるりと取り囲むように等間隔で置かれた乳白色の石柱は、まさに浄化の効果のあるもので、村には魔物が近づけないようになっている。

村の伝承によると、昔、子供がある洞窟から持ち帰った石を湖に投げて遊んでいたところ、石を投げ入れた湖の魔素がわずかに晴れたことで、浄化の効果がある鉱物だと気付いた。

そこで洞窟から石を採掘して研究し、試行錯誤を重ねてあのような柱ができ上がったそうだ。効果の高い石柱を作るのには大変な時間と手間がかかり、今のように村を囲むように配置するまでは、それこそ百年以上かかったとか。

それでも村の人々は、それを成し遂げた。そして今、村には魔物の姿はない。

私が手を出す必要などなかったのだ。

そんな話を思い出していると、また小さくお腹が鳴った。

「あはは、ジアちゃん、朝早くから散歩に行ってもうお腹がぺこぺこだろう？　軽く何か作って部屋に持って行こうか？」

「そんな、仕込みでお忙しい時間なのに……」

「いいんだよ。私達従業員の賄《まかな》いを作るついでだからさ」

「じゃあ、お言葉に甘えさせて頂きます。ありがとうございます」


二階の自分の部屋に戻り部屋の窓を開けると、空は少しずつ白み始めていた。

先ほどまで見ていた滝が遠くに見える。

宿を出る前よりも少し姿を現しているが、靄がかかり、その姿は変わらず神秘的だ。

しばしその光景を堪能した後、部屋の奥の続き部屋に置いてある鏡に近づき、ポケットから出した、ある《紋》に魔力を通した。

ふわりと鏡が光を放ったところで、コンコンコンとノックの音と女将さんの声がした。

「ジアちゃーん。持ってきたよ」

軽食を持ってきてくれたのだろう。

ドアからこちらの鏡が見えることはないだろうが、念のため鏡に布をかけて返事をした。

「はーい。すぐ行きます」

そう言ってドアを開けると、女将さんの後ろに……ヴュートが立っていた。

31、英雄は希《こいねが》う

「ヴュ……ヴュート？」

「はいこれ、軽食。それからジアちゃんにお客さんだよ」

女将さんは私に軽食の載ったトレーを渡しながら小さく囁いた。

「婚約者だってね。お揃いの指輪ですぐに気付いたよ。いい男じゃないか。私も後二十年若かったらね」

イシシと笑いながら「足りなかったら声かけてよ」と言って、女将さんは階段を降りていった。

残されたヴュートを直視できず、思わず視線を逸らす。

「ジア……」

「どうしてここが……？」

「君のことだから、きっとここに足を運ぶんじゃないかって。ジアは、困っている人を放っておけない人だから。紋が壊れて困っている地、〝見捨てられた地〟と言われるここに向かうと思ったんだ」

穏やかに微笑むヴュートからは、怒りの感情は感じられない。

迎えに来てくれると言った約束を破って、神殿から一人で逃げ出した私なのに……。

彼にした仕打ちに申し訳なさや罪悪感を抱くべきなのに、久々に会えた彼の姿に、ここまで追いかけて来てくれたことに、どうしようもなく胸が震えた。

それでも……。

「貴方とは、一緒にいられないわ。ウォーデンに帰って。一人で」

「理由を聞いても？」

「貴方がすべてを捨てる必要なんてないわ。私と一緒にいても追われる日々が続くだけよ。いつか……」

――いつか、私を選んだことを貴方が後悔する日が来るかもしれない。

追われる日々に疲れ、いつか、本当にヴュートの心が離れていったら……

――二度目は耐えられない。

あぁ、よくカルミアを利己的だなんて思えたものだ。

私こそがそうなのに。

ヴュートを守るふりをして、結局は自分を守っているのだ。

なんて臆病で弱い、卑怯な人間なのかと自分が嫌になる。

「私には……っ、もう貴方は必要ないの……っ」

その時、続き部屋の奥からカタン、と音がした。

「と……とにかく、帰って！」

慌ててドアを閉めようとするが、きちんと閉まらない。

「!?」

見るとドアの下のほうに、ヴュートの左足が挟まっている。

「ねぇジア……？　奥に誰かいるの？」

その表情は笑顔だけれど、先ほどまでの優しさは消え失せ、凍えるほどの冷気を感じる。

「……だ、誰もいないわ！」

「こんな夜明け前に、君の部屋にいるなんて……。だからもう僕は必要ないって……？」

「ヴュ……ヴュート？　目、目が怖いんだけど。何か勘違いを……」

「そう？」

そう言ってヴュートは力ずくでドアを開け、部屋に入ってきた。

「待って！　ヴュート！」

慌てて彼を止めようとするが、私の力ではどう考えても止めることなんてできない。

部屋の奥では、さらにカタンと音がし、明らかに人がいる気配がする。

ヴュートの目が据わり、腰に携えていた剣の柄に手をかけた。

「ちょちょちょっ！　待ってってば！」

「誰だ！　そこにいるのは！　出てこい‼」

続き部屋に押し入ったヴュートは、剣を構え叫んだ。

「あら、ヴュート殿。予想以上に早かったのね」

「……」

「ヴュート殿？」

「…………マグノリア……様？」

そこにいるはずのない祖母の姿に、ヴュートが唖然《あぜん》とする。

「貴女は、王都にいらっしゃるはずでは……。確かに二週間前には……」

祖母はカルミアがいなくなった今、《聖女》としての役割を果たしつつ、アカデミーでも教《きょう》鞭《べん》を執っている。

「ふふふ、驚くのも無理はないわね。私の孫は天才だから。空間の紋をアレンジして、私のアカデミーの研究室とここを鏡を通じて行き来できるように繋げちゃったのよ！」

鼻高々な祖母は、少し前までの神経質さが鳴りを潜め、私の幼い頃の明るい祖母に戻りつつある……が、私を褒めちぎるのはやめてほしい。

今はそんな雰囲気ではないのだ。

「なんでそんなものがあるのを僕に隠していらっしゃったんですか⁉」

「だって簡単に来られたらつまらないじゃない？」

「いやいや、場所を知っていたなら、もっと早くジアに会えたのに！」

「いやぁね。会えない時間が愛を育てるって言うでしょう？」

二人のやりとりに、祖母はヴュートがこちらに向かっているのを知っていたのだと気付く。

「お祖母様、どうしてヴュートを止めて下さらなかったんですか？　私、神殿を出る時に話しましたよね⁉」

ほぼ毎日会っている祖母に、裏切られたような気持ちになって抗議の声を上げると、彼女はクスリと笑った。

「貴女には時間が必要だと思ったのよ。彼ときちんと話し合う時間がね」

祖母には分かっていたのだ。私は逃げただけだと。

「ジア……」

心配そうに私を呼ぶヴュートの顔を見上げた。

自分をさらけ出すことが怖くて、鼓動が大きく跳ねる。

けれど、はっきり伝えなくては。

このままでは誰も先に進めない。

「ヴュート。貴方の……夢を。諦めてほしくない。貴方が最強の騎士を目指してどれだけ努力していたか知ってるわ。負けても、馬鹿にされても、諦めない貴方の強さに惹かれたの。貴方にはやりたいことが、叶えたい夢があるでしょう？　それを諦めていつか後悔してほしくない。それでいつか私のことを……」

「ジアなしにやりたいことなんてないよ。騎士になることも、聖剣を手に入れることも、所詮僕の目的の通過点に過ぎない」

「通過点？」

ヴュートが小さく頷く。

「僕は……」

「そうよ、フリージア。ヴュートはただ貴女にかっこいいって思われたいだけなんだから」

「オリヴィア⁉」

突然オリヴィアの声がし、ひょいと鏡の中から現れた彼女にヴュートが声を上げる。

「思ったより早くフリージアのところに来たのね。ちょっとびっくりしちゃった」

「君まで僕に黙ってたのか！　それに、そんな言い方はないだろう！」

オリヴィアはヴュートの怒りをものともせず鼻で笑っている。

「まぁまぁ、怒らないでよ。貴方が待ちに待った報告を持ってきてあげたんだから。……と言っても、先にジアに報告したかったんだけどね」

「決まったのか⁉」

ヴュートの顔が一転、笑顔が広がった。

ニンマリとするオリヴィアが一枚の紙を見せつけるようにひらりと出す。

その内容に、私はただ目を見開いた。

32、帰る場所

「…………私を外交官に……？」

オリヴィアが持ってきた書類に記されたあまりに突拍子のない内容に、頭が疑問符でいっぱいになる。

「そうよ、貴女が消えて神殿も王宮も大騒ぎ。神官長はヴュートが屋敷に匿《かくま》ってるんだろうってさんざん屋敷内を探し回っていたけれど、ヴュートの落胆ぶりを見て本当に貴女だけが消えたことに気付いたみたい。大慌てで捜索隊を派遣していたわ」

ゲラゲラと笑うオリヴィアは、アイツ嫌いだからいい気味だと清々《すがすが》しい顔をしている。

「ふふ、先日の議会のオリヴィア王女殿下はすごかったわよ。神官長も参加した議会で日輪の魔女や聖女のあまり生まれない各国の現状を調べ上げてものすごい資料を作って、我が国は日輪の魔女がいないと何もできないのかって詰め寄ったの！　他国が聖女や紋に頼らずどんな対策をして、どんな技術の発展を遂げているのか。ウォーデンには聖女がいない時代が今までなかったから、危機感が本当になかったのね。これから先、フリージアは帰ってこず、カルミアの化けの皮が剥がれ、さらにただでさえ力の弱まっている私が消えたら……」

そこまで言った祖母がふっと笑った。

「その時の神官長の真っ青な顔は本当に見ものだったわ」

《聖女》を管理している神殿にとっては想像もしたくない話だろう。

「そこで、貴女に帰って来てほしかったらこうしなさい、という条件をマグノリア様と相談して提案したのよ」

「……それが……なんで外交官なの……？」

「だって、王家の名の下に、堂々といろんな国を回れるのよ。貴女の自由を奪ったりしない。貴女の意思に反して紋を作成することを強要したりしない。それを議会に要求したの」

「それじゃあ……」

「そうよ。神殿に籠もることもない。金銭と引き換えだったり、望まない利害関係で紋を作ることを強制されないの。貴女が助けたいと思ったら貴女の心のままに……動けばいい。もし強要されるようなことがあれば、ヴュートが黙っていないわ」

「どうしてヴュートが？」

「この外交官案件は、シルフェン家との……ヴュートとの婚姻が絶対条件なのよ。貴女が外交官になれば貴女の護衛もかねてヴュートが同行するのも当然でしょう？」

「ちょっと！　なんでそんなこと……」

「え！　ジア！　僕との結婚が嫌なの⁉」

隣でショックを受けているヴュートに「そうじゃなくて……」といいつつ、彼が《英雄》になれないことに抵抗を感じてしまう。

「ヴュート、貴方はさっき通過点と言ったけれど……それはつまり目標があるってことでしょう？」

最強の騎士が通過点とは一体どんな目標なんだろうか。

尋ねると、ヴュートはふっと笑った。

「君を守ることだよ。騎士であっても君を守れないならなんの意味もない。そして何より君と、一緒に世界を見たい。君が幸せを感じるその瞬間を一番側で僕も感じたい」

「え？」

「僕がなんのために剣と料理を始めたと思ってる？　君と世界を回る時、どんな時でも君を守れるように、どんな場所にも連れて行ってあげられるように。そして君の隣に、いや、君の中に常に僕がいると思いたいんだ」

「はい？」

後半の意味がよく理解できず聞き返す。

「君の身体を形作るものすべて、髪の毛から爪の先まで僕の料理であったならと……。僕の料理なしでは生きていけないと、君の心と胃袋を掴むために頑張ったんだよ……」

視界の端で、「うわっ。怖っ……」と言ったオリヴィアを無視してヴュートが続ける。

「君が世界を巡る時、僕の食事で幸せを感じて、見たかった景色に喜んで……君の笑顔の側にあるのは常に僕でありたい……」

「……聖剣は……いいの？」

私が零した言葉に、ヴュートは一瞬キョトンとした後、にっこりと腰に携えた剣を指差した。

「実は、もう持ってるんだよね。だって回帰前に手に入れてたから攻略法は分かってるし」

「はい⁉」

そんな簡単なものだったの⁉　と驚きを通り越して混乱していると、ふふ、と笑いながらオリヴィアが言った。

「実は、ヴュートの聖剣が今回の外交官案件の決め手なのよね」

「どういう意味？」

「簡単よ。聖剣を王都に持ち帰ったヴュートは国の英雄であり、魔物討伐に欠かせない存在よ？　その彼が『僕からフリージアを奪うなら僕は何をするか分からない』って。もはや王家や神殿への脅しよね。アシュラン騎士団長も笑いながら、『それは俺でも止められねぇな』だって」

あのアシュラン様がそう言ったのなら、誰もヴュートを止められないだろう。

でも、アシュラン様はきっとヴュートを思ってそう言ったのだろう。

「でも、私が日輪の魔女としての役割をきちんと果たさなくていいわけが…………」

「そうね、きっとあの性悪な神官長がいたら貴女にその責を全《まっと》うするよう言うでしょうね。でも神殿はカルミアに魅了の紋で操られていたことがバレた上に、貴女が飛び出してメンツが丸潰れ。さらに日輪の魔女や聖女を利用して、利権を貪っていたことが明るみに出て信用はどん底まで失墜。神官長も逮捕されて立て直すにはかなり時間がかかると思うわ。だから議会も神殿も私の突拍子もない外交官案を呑むしかなかったのよね」

「でも、私のために皆んなに迷惑が…………」

「フリージア、私でもヴュートでも使えるものは使いなさい。貴女、行動的なくせに遠慮しすぎなのよ。『迷惑がかかる』とか、『自分一人でなんとかしなきゃ』とか。そういった部分ではカルミア嬢の爪の垢《あか》でも煎じて飲んだほうがいいかもね」

オリヴィアの言葉にヴュートも祖母もうんうんと頷く。

「……ジア。以前アカデミーでオリヴィアが話したピポラのことは覚えている？」

唐突なヴュートの問いかけに記憶を辿る。

「え？　ええ。数年前に流行った病気の特効薬よね？　当時は数が足りなかったけれど、今では安定して供給できるようになったって……」

「うん。あれはきっと、王家の癒やしの紋が使用不可能になっていなければ、今のように対策は取られなかったと思う。この辺境の村が浄化魔法に近い効果の石柱を作り出したように、人はなければなんとかしようと頑張れる生き物だよ。悔しいことに、騎士団も聖女がほとんど生まれない国のほうが強いと言われているからね。この五千年、日輪の魔女に甘えていたウォーデンは、自立すべき時期だと思う。だからこそ百年近く、日輪の魔女が生まれてこなかったんじゃないかな」

　思ってもみなかった考えに目を見開く。

「だから、すべてを自分で背負おうとしないで、ジア。君の負担や苦しみを僕にも一緒に背負わせて。真面目な君も可愛いけど、もう少し僕に甘えて頼ってほしい。……僕では頼りにならない？」

　そう言いながらヴュートは親指でつぃ……と私の唇に触れ、妖しい雰囲気を放ち始める。

「そ、そんなことは」

　ふわりと笑ったヴュートの後ろで、祖母とオリヴィアがこちらに手を振りながら鏡の中に戻っていく。

待って！

二人きりにしないで！

そう心で叫ぶが、頬に添えられたヴュートの手が彼から目を逸らすことを許してくれない。

「それに約束したことがあるだろう？」

「や、約束？」

「一緒に行こうって言った場所がたくさんあるじゃないか。まだ一つも行ってない」

アカデミーの図書館でのヴュートの言葉が鮮明に蘇る。

あの時は彼と世界を周《まわ》る日なんて来ないと諦めていた。


「ここに来る途中……サタノヴァに寄ったの」

「うん、君の旅行記に出てくる〝星降る丘〟だね」

「貴方と、見たかったなって思ったの……。そこで、食べたご飯も貴方の作ったものだったらよかったのにって……」

優しく抱き寄せられて、そこからはもうただ感情のまま想いを言葉にするのに必死だった。

「……ごめんなさい。あの日、手を差し伸べてくれた貴方に何も告げず……貴方の心を踏み躙った。迎えに来てくれたのに……」

「ジア。僕はさ……君が指輪を持っていってくれたのを知っていたから……怒ってなんかいないよ。ショックだったけれど、それでも君の気持ちは理解できた。君だって僕を守ろうとしてくれたんだろう？」

私を見つめる柔らかなダークブルーの瞳に、涙が込み上げる。

「僕が回帰した時、もし君がマクレンと結ばれる運命なら、身を引こうと……覚悟はあったんだ。……でも、君が僕を選んでくれたなら、絶対に君の手を離したりしない。絶対に君を裏切ったり、傷つけたりなんてしない」

そう言いながらヴュートは頬に鼻先に、額にやわらかなキスを落としていく。

「だから僕にも、君の世界を一緒に見させて」

祈るように言ったヴュートが私の指輪に、そっと触れる。

あの日、カルミアに踏みにじられ、歪んだ指輪。

傷ついたのは私だけではなかった。

ヴュートも私が裏切ったと思わされ、それでも尚、時間が巻き戻っても私を愛してくれた。

どれだけ心を砕いてくれたのだろうか。

私は彼への想いから目を背けたというのに――。

「私も……もう二度と、貴方の手を離したりしない。裏切ったり、傷つけたりしない」

そう言葉にすると、ヴュートが息を呑んだのが分かる。

「愛してるわ……」

一緒に逃げようと言ってくれたあの日。

ヴュートに聞こえないよう呟いた言葉を、今度はきちんと伝わるように告げ、彼の唇に自分のそれを寄せた。

＊　＊　＊

「ジア、起きて。朝だよ」

「うん……もう少しだけ」

昨夜遅くまでこっそり《紋》を作っていたから、とても眠いのだ……。心地良いヴュートの声を夢心地のまま聞いていたい。

そう思いながらも、美味しそうなスープの香りが鼻腔《びくう》をくすぐり、条件反射でお腹がくぅと鳴る。

「そんなこと言ってたら、僕、襲っちゃうよ？」

その言葉にパッと目が覚め、身体をガバッと起こす。

「ヴュート！」

「あはは。おはよ。ご飯できてるよ」

朝一番に見るヴュートのその笑顔と、落とされたキスにふんわりと幸せな気持ちになる。

「もう、冗談ばっかり言うんだから」

「え？　本気だよ？　ここ数日狭いテントの中で毎晩一緒に寝てるのに、君に手を出さず我慢してる僕はもう神の領域に達していると思う」

真面目な顔でそんなことを言う彼の言葉に笑ってしまう。

「もう、大袈裟なんだから」

「いや、もしここに男が一万人いたら、一万人全員が僕を褒め称えるだろうよ」

「……」

「というわけで、僕が君を食べそうになる前に、朝食にしよう」

ヴュートは甘い笑みでそう言って、私をテントの外にエスコートしてくれた。

外の空気をいっぱいに吸い込む。

私達は今、ケテラ国の辺境・ノーク村からウォーデン国に帰る道中のサタノヴァにいる。

昨日二人で見たその満天の星は、ケイト達と見たものとは違うもののように感じた。

遮るもののない地平線の端から端まで星の輝く夜空の下で、まるで世界にいるのは隣にいるヴュートと私だけのような、二人が溶けてひとつになるような感覚を味わった。


「ジア、もうすぐ太陽が昇るよ」

彼が指差した地平線の先に、朝焼けに染まった世界が広がる。

「……あ」

朝焼けと共に赤い光が弧を描き、幻想的な景色が広がる。

「赤虹《あかにじ》だわ……」

「珍しいな」

赤虹は、朝焼けや夕焼けの時間帯に稀に見える特別な虹だ。

幸せの予兆と言われるそれを、目に焼き付ける。

「ジア」

「え？」

振り向くと、ヴュートの顔が朝焼けで赤く染まっていて、その妖しげな色気に急に動悸が激しくなる。

するとと彼がスッと手を伸ばし、私の髪を一房持ち上げ、キスを落とした。

「僕だけの……日輪の魔女。君が僕にあの日、僕の世界に明かりを灯《とも》してくれたんだ。トリスタンの死という真っ暗な絶望から……僕を救ってくれた」

昨日の夜、星空を見ながら話してくれた私の欠けた記憶だ。

王家の森でヴュートと私が初めて出会った時のピポラの花の話。

そして、ヴュートは視線だけで私の言葉を奪う。

「僕は君の魅了魔法に永遠に囚《とら》われたままだよ」

「……そんな紋、作ったこともないわ」

「紋なしの無意識か。恐ろしいな」

ふっと笑ったヴュートの吐息が頬を撫《な》でる距離に近づき、彼の唇が落ちてくる。

柔らかなキスは、徐々に熱の籠もったキスになり、彼の腕が私を強く抱きしめた。

「どうか、この先もその魔法を使うのは僕だけだと誓って」

祈るように漏らした彼の言葉に、私は腕の中からそっと、彼に小さな金の《紋》を差し出す。

昨夜、こっそり作ったものだ。

「……これは？」

「恋の紋よ。貴方に私の心が届くように、貴方が私の気持ちをいつでも側で感じられるように」

想いを込めて。

回帰前は届くことのなかったこの想いを。

震える手でそれを受け取った彼がポツリと言葉を零す。

「テントに戻って襲ってもいいかな……」

「ダメよ！」

慌てて抗議するものの、ヴュートの瞳は獰猛《どうもう》さを増し、キスはさらに深くなった。

彼のキスに、その想いに、不快でないゾクリとしたものが足先から身体を駆け上がる。

「じゃあ、どうかこれだけは……許して」

「……っ、ヴュ……」

そうして私は……終わらないキスに、渡すタイミングを間違ったことを知った。

エピローグ

私は結局あの後、アカデミーに戻ったものの、外交官としての仕事を少しでも早く開始してほしいという王家からの要請もあり、一年半という短期間で卒業することになった。

異例の飛び級ではあったが、祖母がアカデミーで学ぶほとんどのことを教えてくれていたおかげで魔法学部の各教授から飛び級卒業の承認がもらえたのだ。


アカデミー編入時、編入試験の点数がよろしくなかったのは、祖母とオリヴィアがアカデミーで私が目立たないように手を回したからで、実技試験の試験官が学長だったのも、二人が信頼して秘密を打ち明けられる相手だったからだそうだ。

祖母が言うには、通常の試験官相手に試験を進めては、《紋》を描く能力があまりに飛び抜けていることに気付かれてしまうし、万が一、私が《日輪の魔女》のみが作れる《紋》を描いてしまったら……と気が気ではなかったとか。

改めて、自分は周りの人達に守られていたんだと痛感せずにはいられない。

アカデミーは卒業という形ではあるけれど、今後も学びきれなかった分野の授業を受けたり、図書館や各施設など自由に訪れたりしていいという、特別聴講生という立場が与えられた。

表向きは外交官という名目でも、私に各地での《紋》の作成が期待されているのは事実だ。

でも私は《紋》の力に頼ることなく、自分がやれることを探っていきたい。そのためには魔法学、天文学、地質学、政治学など、様々な分野を学ぶ必要がある。

歴代の《日輪の魔女》とは違う働きをしようとしていることに、未《いま》だ多くの反対意見があるのは承知している。

けれど、私の自由のためにたくさんの人が動いてくれたことに応えるためにも、精一杯のことをしようと自分を鼓舞する。

「これからだわ……」

小さく呟き、視線を上げると、真っ白なドレスに、百合とフリージアのブーケを持った自分が鏡に映っていた。


今日は、ヴュートと私の結婚式だ。

王家や神殿からは国を挙げて大々的な式をしたいと言われたのだが、私とヴュートのたっての希望で身内や友人だけを招いた小さな結婚式をすることになった。

幼い頃、夢見た姿の自分が鏡の中からこちらをじっと見返している。

コンコンコンとノックの音がして、私のいる新婦控え室にヴュートが入ってきた。

「ジア、入っていい？」

「ヴュート。どうしたの？　もうすぐ式が始まるのに」

いつものシルフェン家の騎士服ももちろん素敵なのだけど、白いタキシードに身を包んだヴュートは、後光が差しているかと思うほどの眩《まぶ》しさだ。

普段下ろしている柔らかな黒い前髪は後ろに撫で付けられ、顕《あら》わになっている理知的な額に、触れたい衝動に駆られる。

「夢じゃないかって不安になって……気がついたら足がこの部屋に向かっていたんだ」

「やだ。夢じゃないわよ。さっきも一緒に朝食を食べたの……に」

笑って答えながら、私をじっと見つめるヴュートの瞳に言葉を失った。

窓から差し込む柔らかな光に照らされたダークブルーの瞳には、切なそうな、それでいて夢見るような、胸を締め付けられる何かがある。

「ヴュート……？」

溢れた声に吸い寄せられるように、ヴュートの長くて綺麗な指が私の頬にそっと触れた。

「夢に、見るんだ……」

「……夢？」

「ジアとの結婚式を控えて喜び勇んで帰国するのに、帰ってもどこにもジアがいない。探しても、探しても、いなくて……やっと見つけたと思ったら、君は息をしていない。冷たくなった身体をただずっと抱きしめるんだ」

ヴュートの心に残った大きな傷。

「夢の始めは、ジアはいつも僕の側で笑っていてくれる。でも、微笑む君を抱きしめようとすると君は霧のように消えてしまう……」


私は残した側で、彼は残された人。

回帰前、ヴュートに裏切られたと信じ込み、カルミアに殺された時の絶望は今も思い出すと胸が締め付けられる。

けれど、ヴュートはその先を生きていた。

逆の立場だったら？

私はどうしてた？

帰ってくると思って待っていた婚約者が、恋人と一緒に死を選んだと聞かされたら。

死を以て、自分以外の人との愛を貫いたと聞かされたら――。

彼を縛りつけた自分を呪っただろうか？

二度と、会えない。

触れられない。

声も聞けない。

そんな中で自分だけが生きていくことに絶望を覚えたはずだ。

〝もし〟も、〝でも〟も、想像したってキリがないけれど……。


「ヴュート、私はずっとここにいるわ」

そっと、彼の手に自分の手を重ね、ぎゅっと握りしめた。

「ずっと……貴方の側にいるわ。不安になったらいつでも言葉にして、触れて確かめて。貴方が悪夢にうなされたら抱きしめるから。そして、毎朝起きたら、私が貴方の側にいることを確かめて」

「……最高の目覚めだね」

ヴュートは優しく笑って、私を抱きしめた。

ヴュートが式の前に不安を言葉にしてくれたことが嬉しい。

彼の傷を少しでも癒やせる、彼を守れる自分でいたい。


「ジアは、大丈夫……？」

「え？」

「式が終わったら、後戻りなんてもうできないよ？」

ヴュートの背に回した腕に力を込めた。

「不安がないわけじゃないわ。私が日輪の魔女である以上、貴方に迷惑をかけることは分かっているもの。この力が、大きな災いをもたらすかもしれない。間違った力の使い方や、誤った判断をした時、貴方を巻き込むことが怖い……」

「ジア。きっと、君はこの先も日輪の魔女であることに日々悩むと思う。ここにいることが幸せかどうか、正しいことかどうか、分からなくなるかもしれない。でも、もしもジアが迷う時は、僕も一緒に道を探すよ。完璧な人間なんていない。少なくとも、僕は君に完璧であることなんて求めない。悩んだら、どんな些細なことでも話して。伝えることに不安にならなくていいから。どんな時でも僕が君を守るから。君の側にいられることに、僕がどれだけ幸せを感じているか忘れないで」

祈るように紡がれる言葉に、喉の奥が震える。

「私は幸せよ……。ずっと欲しかったものをすべて手に入れたんだもの。祖母が私を愛してくれて、大事な友人達が生きて目の前で笑っている。何より、貴方が……愛する人が愛してると言ってくれる……。だからヴュートも忘れないで。私の幸せはいつも、貴方の側にいられることだって」

震える声で言い切った私を、ヴュートが「ありがとう」と耳元で囁きながら抱き上げる。

「ジア、あの日の約束を違えることのないよう、今日君への愛と一緒に誓うよ」

「あの日の約束？」

「君の夢見た世界に、すべて行こう。二人で」

「……ありがとう。貴方と過ごす日々を、貴方と巡る世界のすべてを、私の宝物にするわ」

記憶にも心にもしっかりと焼き付けて、もう誰にも奪わせない。

私が一人では手に入れることのできなかった、愛する人達にもらったすべてを。

書き下ろし
番外編

堕ちたカルミア
～回帰前の世界の結末～

私の勝ちだ。

胸のすくような思いで、ずぶ濡れになり、泥の上に這いつくばっている姉を見下ろした。

これですべてが私のものになる。

ずっと、ずっと、欲しくてなかなか手に入れられなかったものが。

これで私は完璧な、この国で……この世界で一番の、誰もが羨む女性になれる。

あぁ、早く死んでくれたらいいのに。

「これも、もういらないでしょう？」

そう言いながら、今までずっと姉の左手の薬指にあったダークブルーのサファイアと紫水晶の飾られた指輪を指から外した。

この指輪を見る度に忌々しかった。

私の便利屋にすぎない姉如きに、「ヴュートは私のもの」と言われているようで。

けれどそれも今日でおしまい。

ヴュート様が凱旋《がいせん》する前に、姉を始末し、すべてを奪い、私のものにする。

息も絶え絶えの姉が、それでも瞳の光を失わずこちらを見上げた。

その目に苛立ちを感じ、姉の目の前に指輪を投げ、近くの石と一緒に踏みつける。

ガツッという音を立てて歪んだ指輪に、ショックを受けた姉の目のなんと心地良いことか。

「さぁ、お別れの時間よ」

＊　＊　＊

姉が亡くなって数日後、父とシルフェン邸にやって来た。

騎士団にいる私の信望者が王都への到着は明日だと言っていたけれど、姉の訃報《ふほう》を聞いたヴュート様は私が思った通り単独で帰ってきた。

シルフェン公爵に姉の自殺のお詫《わ》びと婚約者を私に変更するよう依頼し、下準備は完璧だった。

それなのに……ヴュート様が首を縦に振ることはなかった。

これまで二年間、婚約者の入れ替えを受け入れなかった彼に、今度こそは、と姉のひどい〝裏切り〟を突きつけたというのに。

姉さえいなくなれば、ことは簡単に運ぶはずだったのに。

『……カルミア嬢。君がフリージアだったら喜んで僕の心を、愛を差し出すよ』

『彼女と同じ銀の髪で、彼女と同じ紫水晶の瞳で、彼女と同じ柔らかな声で僕の名前を呼んでくれたなら……僕は愛を込めて君を『フリージア』と呼ぶよ』

凍えそうに冷え切った瞳で言い放たれたその言葉に、プライドをズタボロに切り裂かれた気分だった。

あんな、冴《さ》えない姉のどこがいいのか。

いつも誰かの顔色を窺い、家族の愛情を求め、思ったことも言わずに黙って我慢して。自分を磨くこともせず、《聖女》の仕事の手伝いのためだけに日々時間を費やす彼女のどこが……。

ましてや、彼は《英雄》という名声も、《聖剣》すらも煩わしいと言い捨てた。

部屋を追い出されながらも、それでも必ず彼を手に入れると心に誓う。

私は姉から《日輪の魔女》の力を受け継いだはずだ。

――思い通りにならないことなど何一つないはず。


「カルミア様……」

神事の祈りを捧げる私に、気まずそうに神官長が声をかける。

たった一つの入り口の明かりだけが頼りのこの部屋に、いたたまれない雰囲気が漂う。

本来ならば、《聖女》の私が祈りを捧げた時に、私と女神ディーテを《女神の祝福》の光が照らすはずなのに……。

先週も神事が上手く執り行えず、今日改めて行うことになったのだが……。

「神官長……ごめんなさい。神事の際はいつもお姉様が側にいて下さったから……。お姉様と思い出のいっぱいのここでは……つらくて……」

姉を失った悲しみを装うものの、怒りと苛立ちで体が震える。

「姉君がお亡くなりになってまだ一か月ですからね、我々もとても心を痛めております」

いつも姉のことなどいないも同然のように扱っていたくせに、どの口がと思いながらも、「私もだけどね」と顔を覆った手の隙間から、冷えた目で神官長を覗き見る。

「けれど国は今、流行病や弱まる結界で多くの国民が苦しんでおります。どうぞ、民のためにも早くお元気になられて聖女のお力を示して下さいね」

パッと顔を上げると、神官長の目の奥は冷え、苛立ちの色が燻《くすぶ》っていた。

「神官長……」

「民のお心が貴女から……聖女から、離れてしまわぬように……」

その言葉に、思わず息を呑む。

神殿への寄付は、神事によって《聖女》の威光を示してこそ集まるものだ。

各地の現状がどうなっているか知らないし、興味もなかったけれど……一か月以上神事がまともに行えていないため、寄付金額が大きく落ちてるのかもしれない。

ゴクンと、自分の喉が鳴る音が耳に響く。

「ええ。次はきちんと女神の祝福を頂きますわ……」

＊　＊　＊

「ああもう！　イライラするわ！」

部屋にあった花瓶や宝石箱を手当たり次第に投げつけて、なんとかストレスの吐け口を探すがちっともスッキリしない。

姉がいなくなってから、一度も神事が成功していない。

今日の神官長の様子を見るに、これ以上の失敗や延期は許されないだろう。

お姉様さえいなくなれば、妹である私に《日輪の魔女》の力が移ると思ったのに、その気配はまったくない。

姉が《聖女》である私より価値のある《日輪の魔女》だなんて到底許せない。

どうにかしてその力を私のものにできないかと、苦手な本を読み漁《あさ》っていたら、何百年か前に、《聖女》が亡くなった際に、その妹に力が移ったという例が載っていた。

だから、姉さえ死ねばその力が妹の私のものになるかもと思ったのに……。

《日輪の魔女》の力どころか《聖女》の力さえ、目に見えて弱くなっている。

さらには、なぜか数日前にウィンドブルの役人が家だけでなく、神殿までやってきてはお姉様と一緒に殺したマクレンについてしつこく話を聞いてきた。

『お姉様の恋人だったようです』と、それ以外のことは知らないと言ったのに、何度も面会を求められ、煩わしいことこの上ない。

しかも、お祖母様と一緒に屋敷に来たヴュート様に、お姉様に私が手を下したのではないかと疑いの目で見られ、冷や汗が背中を伝った。

お母様が庇ってくれなかったらどうなっていたか……。

でも、きっと大丈夫。ヴュート様も落ち着けばきっと私を選んでくれるはずだわ。

だってもう姉はこの世にいないし、私を愛さない人なんて今までいなかったもの。

私達は結ばれる運命なのよ。

夜になっても延期になった神事のことが頭から離れず、憂鬱な気分でベッドに潜り込む。

「次こそはきちんとできるようにしてくれと神官長が言っていたけど、なんか言い方もムカつくのよね。周りの態度もそっけなくなってきたし……。星見とかあんなの適当でいいじゃない。分かんないっての……。お祖母様に一緒にきてもらおうかしら……」

ブツブツと布団の中で独り言《ごち》ていると、ノックの音がした。

「カルミア、ちょっといいかしら？」

「ええ、お母様。どうぞ」

ドアを開けた母は部屋の惨状にチラリと視線を動かしたものの、特に何も言わなかった。

ただ、その雰囲気から、あからさまに不機嫌なことが伝わってくる。

最近私の周りの人達は皆、こんな態度ばかりだ。

「カルミア、私の部屋の〝茶葉〟が減っていたのだけど……。心当たりはあるかしら？」

「……ありますが。それが何か？　昔、お母様が教えて下さったものですもの。欲しいものを手に入れるための手段ですわ」

そう答えると、母が、わなわなと震え始めた。

「誰に使ったか分かっているの？」

「ええ。もちろん。……お母様だってご存知なのでは？」

聞きに来たからには当然勘付いているのだろう。

けれど母がそれを口外することはないはずだ。

きっと、母も〝欲しいもの〞を手に入れるためにこれを使ってきたのだろうだから。

お姉様の母親の事故死だって……。


バチン!!

と音がしたと同時に頬に痛みが走る。

「っ……!　何を……!」

「馬鹿なことを!!　フリージアだけならまだしも!　彼まで殺すなんて!!」

額に血管を浮き上がらせるほどの怒りに顔を赤くして、怒鳴りつけられた。

人生で初めての受けた他人からの暴力に唖然とする。

「カルミア!　貴女のせいで!　ウィンドブルの使者に疑われているというのに!」

ウィンドブルの使者はマクレン＝ヴェルダーについて母にも問い合わせをしてたのだろうか。

「何よ!　マクレン＝ヴェルダーなんてただの商人の息子じゃない!　平民が死んだところでお父様がどうとでもしてくれるでしょ……!」

さらに、バチンと頬を叩かれ、目を見開く。

「どうとなるわけないでしょう!?　あの方がずっと……ずっとお探ししていた……」

「わけ分かんないこと言わないでよ！　あの方って何よ⁉　それよりも日輪の魔女を殺して力を手に入れるほうが大事に決まってるじゃない」

そう言うと、ぴたりと母の動きが止まった。

「日輪の……魔女？」

大きく見開かれた母の目から、先ほどまでの怒りの色が消える。

「そうよ。お姉様が日輪の魔女だったのよ。気になって本で調べたら、『聖女が亡くなった時、その妹に力が引き継がれた』って話があったから。だからお姉様が死ねば私にその力が宿ると思うのよね。お母様だって、お姉様が日輪の魔女だなんて面白くないでしょう？　散々こき使ったあの女が持て囃《はや》されるなんて」

「……こんな、近くに……？」

「お母様？」

呆然としたままの母に近寄ろうとした瞬間、カチャリとドアが開いた。

「やっぱり、貴女がフリージアを殺したのね。カルミア」

驚いて目をやると、暗く、深く、感情の籠もってない瞳の祖母がそこに立っていた。

「おばぁさ……ま」

祖母の後ろには、神官長と、見たことのない貴族らしき男が数人、ウォーデンの騎士ではない騎士服を着た男達と、さらには一人の女性が立っていた。

確か彼女はウィンドブルの《聖女》で、シャーロット？　いえ、シャンティだったかしら？

「あ……あぁ……」

ドアに視線をやった母が、血の気の引いた顔で床にへたり込む。

「シャルティ嬢……？　それに……」

呆然とした母がこぼした名前に、あぁ、そうだったと思い出す。

アカデミーで何度か会ったことがあるが、いつも澄ましていた嫌いな隣国の《聖女》。

彼女の落ち着き払った所作と澄んだ瞳を見ると、いつも馬鹿にされたように感じていた。今も冷ややかな目で一瞥《いちべつ》され、彼女の指示で騎士達が部屋に入ってきた。

「何するのよ！　お祖母様！　これはなんですか⁉」

「お祖母様だなんて呼ばないで」

いつもの祖母ではない、冷ややかな、底冷えするような声に思わずビクリと震えた。

固まった私に見向きもせず、一人の貴族男性が母に近づく。

「こんなところにいたのか。ターニャ＝レダ」

見目麗《みめうるわ》しく、金の髪を後ろで一つに結んだ男性が冷ややかに母を見下ろした。

「母は、レダなんて家名じゃないわ！　ターニャ＝ソルトよ！」

そう男性に声をかけるも、私に視線一つ寄越さない。

「ターニャ＝レダ。君の処遇は国に戻って決める。レダ家もすでに全員投獄済みだ。後は君の証言次第で好きな死に方を選ばせてやろう」

「何を言って……」

「殿下……いつから、この屋敷に。貴方達の気配など……」

母が震える声で目の前の男性に問いかけた。

——殿下？

「マグノリア＝ソルト殿にご協力頂き、シャルティ嬢とマグノリア殿の力で隠蔽魔法を使ってこの屋敷に昨日から隠れていた。……もう少し時間がかかると思ったが、あっさり娘を問い詰めに行ってくれて助かったよ。おっと、……娘でもなかったか」

思考の追いつかない会話に、母とその男を交互に見る。

「第二王子を殺したからには、ウィンドブルにお前達の居場所はもうどこにもない。もちろんここにもな……。せめて日輪の魔女を生け捕りにできていれば、交渉の余地はあったかもしれないが、今となってはもう遅い。当然覚悟はできているんだろうな？」

「待って下さい！　マクシミリアン殿下だったなんて知らなかったんです！　私達はマクシミリアン殿下をずっと探し続けて……！」

「だからなんだ？　レダ家の用意した毒で弟が死んだ。死因は以前私が〝何者かに飲まされた毒〟と同じ成分だったと報告を受けた」

「……っ」

目の前で何が起きているのかは分からないけれど、母が追い詰められていることは分かる。

『殿下』と呼ばれたその人は、おそらく隣国の王子。

と言うことは、私が殺したマクレンという男が第二王子だったということだろうか？　平民の……ちょっと裕福な商人の息子ではなかったのか。


——じゃあ私はどうなるの？

足元から這い上がってくる不安と、背中を伝う汗がひんやりと冷たい。

「で、殿下。私は聖女でございます。この国を守るために国王陛下も神官長も私を捕らえることを許したりしませんわよ。確たる証拠を持ってきて下さいま……」

「聖女？　貴様が？」

冷ややかに見下ろされたその視線に、思わず言葉を噤《つぐ》む。

「貴様は、レダ家が孤児院から連れてきた娘だろう？　幼い頃聖女の反応をわずかに見せたものの、聖女として機能するレベルではないと聞いていたが……国から盗んだ魅了の紋の発動程度はできたようだな」

「何を言って……」

なんのことか分からず『殿下』と呼ばれた彼を見上げると、その手がするりと私のリボンを髪から外した。

そのまま従者からナイフを受け取り、リボンの端を切る。

何が起きているのか分からず、その様を呆然と見つめる私の目の前で、筒状になったリボンの中からひらり、ひらりと小さな布切れが揺れて落ちた。


「これが、何か分かるか？」

王子が落ちた白い布切れを私に見せるも、何かの《紋》が描かれていることしか分からない。

「なんの紋……？」

「これが何かも分からず、聖女とはよく言ったものだな。勉強不足もいいところだ」

「なっ……！」

馬鹿にされたことに羞恥と屈辱で顔が赤くなる。

「魅了の紋だ。貴様の周囲にいた人間は、皆この紋の力で寄ってきた人間達で、それ以外の理由などないだろうよ」

「なんですって⁉　私は選ばれた人げ……ん」

思わずカッとなって睨みつけるも、彼の瞳の奥の仄暗い光に思わず呼吸が止まる。

「弟は……マクシミリアンは……こんな女に殺されたのか……。自由にしてやれたと……思っていたのに」

その言葉と、彼の手が腰にある剣に触れ、柄を握りしめた。

「……っ」

思わず死の恐怖に怯えるも、彼はゆっくりと身を翻し、「連れて行け」とだけ言って部屋から出て行った。

＊　＊　＊

ひんやりとした王宮の地下牢で、両隣には父と母、そうして看守と警備が常にいる。

ここでの会話はすべて記録されているとのことだが、ここにきて早々、父が私を責める声が地下牢に響き渡った。

「カルミア！　すべてお前のせいだぞ！　こんな地下牢に閉じ込められたのも、すべて！　お前がフリージアを殺したからだ！　しかも日輪の魔女だと⁉　この世で一番高貴な存在ではないか！」

「お父様、何を言っていますの？　お姉様を殺したのは私ではないと申しているでしょう？　それにもうすぐヴュート様が来て下さいますわ！　英雄と呼ばれる方ですもの！　聖女の私を助けに来てくれるのは彼しかおりませんわ！　横領、密輸をしていたお父様はどうなるか知りませんけどね」

「馬鹿な夢を見るのもいい加減にしろ！　彼はフリージアとの結婚を頑《かたく》なに望んでおったのだ！　相手にされておらんということがなぜ分からん！」

捲《まく》し立てる父親に、呆れを通り越してため息をついた。

「お父様、ヴュート様はお姉様との約束を守っていらしただけ。先日婚約のお話を断られたのも、お姉様の喪に服すために決まっていますわ。今までだってそうだったんですもの」

そうに決まっている。

今まで私の思い通りにならなかったことなんてなかった。

お父様がこんなに私に暴言を吐くのもお姉様のせい。

母が冷たいのもお姉様のせい。

ヴュート様がここに助けに来てくれないのもお姉様のせい。

死んでもなお、忌々しいことこの上ない。


「おい、面会だ」

その時、看守が私を冷ややかに見下ろし、ドアを開けた。

やっぱりヴュート様が来てくれたに決まっている。

「ヴュー……！」

「ヴュート殿は亡くなられましたよ」

カツンというヒールの音と共に祖母が私のいる地下牢の鉄格子《てつごうし》の前で足を止めた。

「は……？」

理解できない内容に、思考が停止し、祖母をきょとんと見た。

「ヴュート＝シルフェン小公爵様は昨日、お亡くなりになりました。フリージアの亡くなった森で。後を追うかのように」

なんの感情も籠もっていない、淡々とした祖母の言葉だけが頭に響く。

姉の亡くなった森で？

まるで、死んでも離れないというかのような……ヴュート様の愛がなぜあんな姉に向かうのか。

「なんで……だって、ヴュート様は英雄よ……。最高で、最強の騎士なのに。私は、聖女で……。それじゃあ……誰が私をここから出してくれるのよ！」

叫ぶ私を、祖母は汚いものでも見るかのように見下ろし、「どこまで行っても自分本位なのね」と溢した。

その言葉にカッと血が上り、祖母を睨みつけた。

「自分本位はどっちよ！　あんたはどうなのよ！　お姉様にさんざん厳しく当たっていたくせに！　今さらいい人ぶるなんて！」

「……そうよ。私はあの子にどこまでも厳しくしたわ。あの子が孤独を感じても助けることすらしなかった。……フリージアを生かすためとはいえ、あの子の心を傷つけていたことに、言い訳なんてしないわ」

「まさか……あの子が日輪の魔女と知っていたの!?」

祖母の言葉から何かを悟ったらしい母の叫びが牢に響き渡った。

「もちろんよ。衰えたといえど私も聖女よ。だからこそ気付いていた。ターニャ、貴女から隠すのに必死だったのよ」

「ふざけた真似を……！」

二人の会話の意味が理解できず、呆然としていると、祖母が淡々と説明を始めた。

母が、《日輪の魔女》を殺すために隣国から来た間者だったこと。

情報を得るために、《聖女》である祖母の家に潜り込んだこと。

神殿との繋がりを持つために、赤ん坊の頃、わずかな《聖女》の反応を示す孤児——私をレダ家が独断で探し、連れてきたこと。

《聖女》の魔力は幼い頃には反応を示す少女が何人かいるものの、八歳ごろまでに多くは弱まってしまい、《聖女》になれるほどの魔力を持つのは、十年に一人も現れない。

私については《聖女》の力が増せば儲けもの、ダメでも《魅了の紋》さえ使えればいいとの判断だったらしい。

けれど、祖母の話では私の力は……お姉様のおかげで強くなっていたらしい。

まともな《聖女》としての力もなく、貴族ですらなく、ただの道具だったと……。

「そんな……そんなことがあってたまるもんですか！　仮にそうだとして、私は被害者じゃない！　道具にされていたんだから！」

「……そうね。私も最初はそう思ったわ。幼い貴女がフリージアと幻でも姉妹になれないかと。

……けれど貴女は来て早々、気に入らないからとフリージアを階段から突き落とし、他の人間も気分次第で排除していった。『貴女を最高の淑女に』と何人マナー講師をつけたか分からないわ。聖女として必要不可欠な星見の教師も、魔力操作の講師も、いつの間にか辞めさせて、私の紋の授業も受けたくないと拒否したでしょう？　フリージアには『努力するのは人として当たり前』と言いながら、貴女自身は少しも努力をしようとしなかった。被害者だなんてよく言えたわね」

　冷ややかな祖母のその言葉に、思わず怯む。

「貴女は、年齢と、今までの聖女としての功績を考慮して死刑にはされないそうよ……」

　祖母の言葉に「当然だわ」と言い棄《す》てる。

「けれど、その功績が一体誰のおかげかよく考えるのね。今から行く北の果ての修道院で……貴女が更生することを祈っているわ」

　その言葉だけを残して、祖母は父にすら目もくれず、地下牢を出て行った。

＊　＊　＊

　あれから何か月経っただろうか。

この北の果ての地には壊れた《紋》のせいで《聖女》の祈りは届かず、魔物の出没が頻繁で、病気も蔓延している。作物も満足に作れず、食べ物も十分ではない。

父が死刑になった数か月後、祖母が病気で亡くなったと風の便りに聞いた。

《聖女》のいなくなった王都では神事が行えず、魔物討伐のための騎士団を派遣する余力などなく地方は捨て置かれている状況だ。

ここに来た当初もひどい状況の場所に追いやられたと思ったけれど、今はそれに輪をかけて悪化していた。

「日輪の魔女さえいれば」そんな視線が日々刺さり、私への風あたりも、嫌がらせもひどいものだった。

「ここに来ても可愛い私はチヤホヤしてもらえると思っていたのにな……」

冷たい床に敷かれた布団とも言えない布の上で、ぼんやりと窓の外を眺め、震える手を太陽に向けて伸ばす。

「あったかい……」

視界に映る自分の手は、まだ十代だというのに痩せ細り、シワシワに乾燥している。

身体は病に冒されて、少し動かすだけで身体中の細胞の一つ一つが悲鳴を上げるように痛む。

誰も近寄らない部屋はカビ臭くて堪らない。


誰もいない。

家族も。

友人も。

愛する人も。


一人ぼっちだ。


「どこで、間違ったの……」

だって、気に入らなかったのだ。

高貴な貴族のお嬢様のくせに、絵本のお姫様みたいにお淑やかでないところも。

父親に愛されていないくせに、偉そうに私にマナーや礼儀を教えようとしてくるところも。

そのくせ、最高の婚約者がいて、彼が私を選ばないことも、すべて。


「……仲良くなんてできなかったわよ」

ハッと鼻で笑いながら目を閉じれば、瞼の裏に浮かんだのは、初めて会った日の姉の緊張した笑顔。

野の花と一緒に差し出されたあの手を握り返していれば、何かが違ったのだろうか？　今となっては分からない。

閉じた瞼がひたすら重く、もう床が冷たいとも、身体が痛いとも、手に当たる太陽が暖かいとも……何も感じることはなかった。

あとがき

初めまして。柏みなみと申します。

たくさんの本の中から、この『妹にすべてを奪われた令嬢は婚約者の裏切りを知り回帰する』をお手に取っていただき、本当にありがとうございます。

こうして本という形にできたのは、ウェブ版から本作を応援して下さった読者様、切なく美麗なイラストで作品の顔を作って下さった鈴ノ助先生、書籍化のお声掛けを下さった編集のS様、そしてこの本に係るすべての方々のお陰です。この場を借りて御礼申し上げます。

書籍化に際して、鈴ノ助先生が描いて下さったキャラクター達はどれも素敵で、物語を想像する上でこれ以上のものはない……と、歓喜に打ち震えました。

そして口絵や挿絵では、ジアの苦しさや切なさ、ヴュートの悲しさや胸を締め付ける痛み……すべてのイラストが私の想像の上を行っていて、何度も眺めては喜びに浸りました。

ぜひ読者の皆様にも味わっていただければ嬉しいです。

この作品は私の大好物である一途な両片思いの二人の間で起こる勘違い、誤解、すれ違いなどを、ぎゅぎゅーっと詰めこんだ作品です。

中でもその行き違いの中で、ヒーローが悶々としたり、嫉妬に駆られて独占欲を丸出しにするところなどが大好きで、今作のヒーローであるヴュートも〝ちょっとおかしな方向のヤンデレ〟風味に仕上がりました。

そんな二人のラブコメを！　絶対ハッピーエンドで終わらせるんだ！　と思って書き始めたはずなのに、気付けばなぜかシリアス展開に……？？

連載中に読者様から「これはハッピーエンドですよね？」と、ご不安の声をいただくこともありました。

でも、きっとこれが二人の物語なのだと信じて筆を進めていく中で、フリージアもヴュートも、そして二人を愛する周りの人も頑張ってくれて、二人らしい結末を手に入れることができたと思っています。

私が今回書いた物語はここまでですが、そこから先も二人はとても幸せな日々を送ってくれていると信じています。それこそ私が当初描こうと思っていたラブコメのように、笑顔あふれる冒険の日々を。

二〇二四年四月吉日　柏みなみ

この本を読んでのご意見・ご感想・ファンレターをお待ちしております。
<宛先>〒 104-8357　東京都中央区京橋 3-5-7
（株）主婦と生活社　PASH! ブックス編集部
「柏みなみ先生」係
※本書は「小説家になろう」（https://syosetu.com）に掲載されていたものを、改稿のうえ書籍化したものです。
※この作品はフィクションであり、実在の人物・団体・法律・事件などとは一切関係ありません。

PASH! ブックス

妹にすべてを奪われた令嬢は婚約者の裏切りを知り回帰する（下）

2024年5月12日　1刷発行

著　者　柏みなみ
イラスト　鈴ノ助
編集人　山口純平
発行人　殿塚郁夫
発行所　株式会社主婦と生活社
〒 104-8357　東京都中央区京橋 3-5-7
03-3563-5315（編集）
03-3563-5121（販売）
03-3563-5125（生産）
ホームページ　https://www.shufu.co.jp
製版所　株式会社明昌堂
印刷所　大日本印刷株式会社
製本所　共同製本株式会社
デザイン　小菅ひとみ（CoCo.Design）
編集　堺香織

　ISBN978-4-391-16074-1